令嬢エリザベスの華麗なる身代わり生活

Mashimesa Emoto
江本マシメサ

B's-LOG BUNKO
ビーズログ文庫

イラスト／雲屋ゆきお

Reijo Elizabeth no
kareinaru migawari seikatsu

Contents

令嬢エリザベスの
華麗なる身代わり生活
Mashimesa Emoto presents
人物紹介
シルヴェスター・
オブライエン
公爵家嫡男。一見優男だが、
狡猾で隙がない。
ユーイン・エインスワーズ
エリザベスの婚約者。
オブライエン公爵家とは
親戚の伯爵家次男。
エリザベス・マギニス
広大な牧場を持つ
マギニス家の令嬢。プライド
が高く苛烈な性格。

第二王子。
シルヴェスターは側近。

公爵令嬢。数々の男と
浮名を流す奔放な娘。

オブライエン家の
老執事。

伯爵令嬢。
エリザベスに敵愾心を
抱いていたが……!?

プロローグ

公爵令嬢《こうしゃくれいじょう》エリザベス・オブライエン。

波打つピンクブロンドの輝《かがや》く髪は、動くたびにさらりと揺《ゆ》れる。『至宝《しほう》の緑《みどり》』と呼ばれる翡翠《ひすい》の瞳《ひとみ》はぱっちりとしており、肌《はだ》は白磁《はくじ》のように白く、手足もすらりと長い。大輪の薔薇《ばら》のような、艶《あで》やかな印象の大貴族の令嬢である。その美貌《びぼう》は社交界一とまで謳《うた》われていた。

だがしかし、天は二物《にぶつ》を与えなかった――。

エリザベス・オブライエンは美しさを自覚した奔放《ほんぽう》な性格で、扱《あつか》いにくく、女王様然とした態度でいることも多い。

おまけに異性との交遊は派手で、噂《うわさ》になった男の数は両手でも足りないほど。

夜会のあと自宅に帰らず、朝帰りをしたのも一度や二度ではなかった。

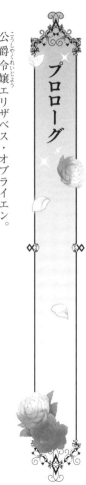

そんな彼女に頭を悩ませているのが、兄であるシルヴェスター・オブライエン。

父親は外交官《がいこうかん》で家を空《あ》けることが多く、母親は十年以上前に他界。妹エリザベスの監督《かんとく》は彼に一任されていた。遊びほうけるエリザベスに、何度苦言を呈《てい》したかわからない。

シルヴェスター自身、日々城仕《づか》えの仕事に加え、自宅に帰れば公爵家の当主代理として処理しなければならない書類の山に追われる多忙《たぼう》な日々を送っていた。

そのため、使用人達にも厳しくエリザベスを監視《かんし》するよう指導していたけれど、彼女は使用人の目を掻《か》い潜《くぐ》り、あるいは陥落《かんらく》させて遊びに出かけてしまうのだ。

エリザベス・オブライエンは、世界でただ一人、シルヴェスターの手に負えない女性であった。

だが、そんな彼女も、十八になると同時に婚約者が決められた。

公爵家の分家である、伯爵家《はくしやくけ》の次男ユーイン・エインスワーズだ。

ユーインは現在二十二歳。性格はいたって真面目《まじめ》。

城仕えをしている文官で、周囲からの信頼《しんらい》も厚く、放蕩娘《ほうとうむすめ》と結婚させるなら彼しかいないと、シルヴェスター自身が頼み込んで決まった。

これで妹の将来も安泰《あんたい》だと安心しきっていたが、事件は婚約発表当日に起こった。

信じられないことに、エリザベスは一通の手紙を残し、公爵家に仕える使用人の男と駆《か》け落《お》ちしてしまったのである。

事態を知らされたシルヴェスターは、供も連れずに慌《あわ》てて家を飛び出す。エリザベスを捜《さが》し出すために。

ふわふわのピンクブロンドは、人混みの中でも目立つ。さらに、誰《だれ》もが振り返るような美人だ。市井《しせい》に紛《まぎ》れても、すぐに見つかるだろう。

数時間後、市場の人の流れの中に、ピンクブロンドを発見する。

後ろ姿ではあったが、周囲の男は振り返り、彼女に目を奪《うば》われていた。

――いた！　エリザベス！

そう確信をもって、シルヴェスターは妹の名を叫《さけ》ぶ。

「リズ！」

エリザベスの愛称《あいしょう》である「リズ」と呼ぶと、すぐに反応して振り返る。

その顔を見て、シルヴェスターはホッと安堵《あんど》の息を吐《は》いた。

よかった、まだ王都にいてくれた。

逃げ出さないよう、細い腕《うで》を掴み、傍《そば》へと引き寄せようとしたが――、
パン！　と乾《かわ》いた音と共に、シルヴェスターの頬《ほお》に突《つ》き刺《さ》さるような痛みが走る。すぐに、叩《たた》かれたのだと気付いた。

いったいどういうことだと問いかけるようにエリザベスの顔を見る。すると、今まで見たこともないような、侮蔑《ぶべつ》の籠《こも》った眼差《まなざ》しで睨《にら》まれていた。そして、シルヴェスターが「どうして？」と問いかけるよりも先に、口を開く。

「――人違《ひとちが》いですわ」

思いがけない一言を聞き、摑んでいた手の力が緩《ゆる》む。

その隙《すき》に、振り払われてしまった。

「人違いって、君はリズ、エリザベスだろう？」

「ええ、わたくしはエリザベス。ですが、あなたのことは存じません」

「存じませんって……もしかして、記憶喪失《きおくそうしつ》？」

「馬鹿《ばか》にしていますの？」

二人の間には、微塵《みじん》も会話が成立していなかった。互いに、「この人はいったい何を言っているのだろう」と訝《いぶか》しみつつ、見つめ合っている。

「──とにかく、こうしている時間がもったいない。家でゆっくり話そう」

「何をおっしゃって──きゃあ!?」

シルヴェスターはエリザベスの体を横抱きにして持ち上げる。

当然ながら抵抗《ていこう》された。人さらいだと叫ばれるたびに、「すみません、妹なんです！」と周囲に説明しながら、やっとのことで帰宅を果たす。

有無《うむ》を言わせずエリザベスを部屋に閉じ込めたシルヴェスターは、しばらくして頭が冷えたら婚約披露《ひろう》用のドレスに着替えさせるよう侍女《じじょ》に命《めい》じた。

一時間後。執務室《しつむしつ》で事務処理をしていたシルヴェスターの元に、執事《しつじ》と侍女がやってきた。報告があるとのこと。

神妙《しんみよう》な顔つきをする二人に、怪訝《けげん》な表情を向けつつ、「それで？」と訊《たず》ねた。

「え、ええ。その、若様、非常に申し上げにくいのですが――」

「うん？」

「先ほど連れ帰ったお方はお嬢様《じようさま》ではありません――よく似た、別の方です」

「なんだって？」

驚《おどろ》きの事実が発覚した瞬間《しゆんかん》である。


シルヴェスターは仕事を切り上げ、信じがたい気持ちで廊下《ろうか》を急ぐ。

普段《ふだん》は絶対に近づかない妹の衣装部屋《いしようべや》へと、足を踏《ふ》み入《い》れた。

「――ごきげんよう、人さらいのお方」

エリザベスは一人がけの椅子《いす》に座《すわ》り、腕を組んでシルヴェスターを待ち構えていた。そして、棘《とげ》のある言葉で出迎える。

その姿を見て、戸惑《とまど》いを覚えた。なぜならば、どこからどう見ても、妹エリザベスにしか見えないからだ。

婚約披露パーティーのための身支度《みじたく》は、当然ながら整っていない。

連れて来た時と同じ、若草色のドレスのままだ。

とはいえ、その姿は全体的に洗練《せんれん》されていて、王都育ちのご令嬢といった風情《ふぜい》。

こんなにもエリザベスに似ていてしかも名前まで同じだったら、社交界でも相当な噂になるはずなのに、今までそんな話は聞いたこともなかった。

おかしな話だと思う。シルヴェスターは改めて、侍女に問いかけた。

「彼女は、本当にリズ……妹ではないと？」

「は、はい、そのように、お見受けいたします」

もう一度、姿を確認する。ジロリと、汚《きたな》い物を見るような目で睨みつけられた。

「確かに、リズはあのような目を私に向けない」

妹の甘ったるい眼差しを思い出し、ぶんぶんと首を横に振《ふ》る。

やはり、記憶喪失か？　という疑惑《ぎわく》が一番に思い浮かぶ。

だがそれを、世話役の侍女が否定した。

「エリザベスお嬢様とこちらのお嬢様は、その……違う部分がございまして」

侍女は、エリザベスの顔色を窺《うかが》うように一瞥《いちべつ》した。

それに気付いたエリザベスはぴしゃりと、高圧的な一言を述《の》べる。

「言うのは、最初に見つけたほうになさい」

「あ、はい、申し訳ありません、そ、そのように」

すっかり怯《おび》えきっている侍女は、おずおずと話し始めた。彼女がエリザベスであり、エリザベスではない理由を。

「つむじの向きが、エリザベスお嬢様とは逆になっております」

「それは、本当か？」

「はい。毎日エリザベスお嬢様の御髪《おぐし》を整えていたので、間違いありません」

そんな馬鹿な。眉《まゆ》を顰《ひそ》め、もう一度エリザベスの姿を見た。

キリリと吊《つ》り上《あ》がった緑色の瞳は、眩《まぶ》しく思うほどの光彩《こうさい》を放ちながらシルヴェスターの姿を捉《とら》えている。いつもの浮世離《うきよばな》れした、ふわふわした様子は一切ない。しっかりと現実を見据《みす》えるような、強い眼差しであった。

それに、喋《しゃべ》り方だって違う。エリザベスはのんびりとした口調で、甘《あま》ったるい声をしていた。目の前のエリザベスは、ハキハキと喋り、声も甘くない。

その点に気付いたら、雰囲気《ふんいき》、顔つき、姿勢など、何もかも違うように思える。シルヴェスターはやっと確信する。彼女は妹、エリザベスではないと。

妹は、猫《ねこ》のような娘だった。気まぐれで、自由。貴族という柵《しがらみ》を軽々と飛び越えていく、奔放《ほんぽう》な娘。一方、目の前のエリザベスは虎《とら》を思わせるような、強《したた》かさを感じる。

ようやく別人だと理解したシルヴェスターは、自らの行いを反省し、謝罪をした。

「謝《あやま》って済むような問題ですの？」

「いや、それは――」

「もう結構。あなたとこのように話をしている時間も、無駄《むだ》ですわ」

エリザベスは冷ややかな視線をシルヴェスターに向けながら、立ち上がる。

「あの、君、家名は――」

「名乗るほどの者ではございません」

つれない態度ではあったが、なんとか頼み込んで出身と家名を聞き出した。

「マギニス家の、ご令嬢……」

その家名は聞いたことがある。東部にある、広大な牧場を持つ子爵家《ししゃくけ》だ。さらに、記憶を掘《ほ》り起《お》こす。何代か前に、公爵家の後妻《ごさい》としてマギニス家の女性が嫁《とつ》いできたような――。曖昧《あいまい》な記憶だった。

「もしかしたら、私達は、遠い親戚《しんせき》かもしれない」

そうだとすれば、二人のエリザベスが似ているわけが説明できる。

だが、目の前のエリザベスは興味がなかったようで、振られた話題には答えず、早くここから出て行こうとたたみかける。

「お話は以上かしら？　わたくし、忙《いそが》しいの」

立ち上がってドレスの皺《しわ》を伸ばしつつ、シルヴェスターに問いかけた。

あまりのことに反応が遅れたシルヴェスターに、彼女はこれで終わりだと決めつけたようだ。

「それでは、ごきげんよう。二度と会うことはないでしょうから、永遠にさようなら」

　エリザベスは不快そうに前髪《まえがみ》をかき上げると、つかつかと早足で扉《とびら》へと向かう。そんな彼女の腕を、シルヴェスターは摑んで引き止めた。心底軽蔑《けいべつ》しているような、きつい視線を向けられる。けれど、シルヴェスターは家のため、再び頭を下げた。

「お願いがあるんだが――」

「お断りいたします」

　まだ詳細《しょうさい》を言っていないにもかかわらず、すがすがしいほどの拒絶《きょぜつ》だった。エリザベスは力いっぱい腕を引き、摑まれた手を振り払う。

「放しなさい、この人さらい！」

「本当にすまないと思っている。ただ、もう少しだけ話を……」

「話すことなど何もなくってよ」

「では、取引をしよう。悪い話ではないはずだ」

　シルヴェスターはごくごく冷静な口ぶりで、話を始める。

「君の実家――マギニス家は今、困った状況になっているだろう？　もしも、頼みを聞いてくれるのであれば、公爵家が支援《しえん》をしようではないか」

　シルヴェスターの言葉に、エリザベスはハッと息を吞《の》む。痛いところを突かれたからか、表情は歪《ゆが》んでいた。

　マギニス家は、確かに窮状《きゅうじょう》に追い込まれていた。それは三ヶ月前に起こった嵐《あらし》が原因だった。激しい雨と風が三日三晩続き、牧場に甚大《じんだい》な被害《ひがい》をもたらしたのだ。家畜《かちく》の餌《えさ》となる牧草は、泥水《どろみず》にまみれ使えない状態となり、風で崩壊《ほうかい》した飼育舎から逃げ出した羊や牛の数は数え切れない。

周辺の森の木々も土砂《どしゃ》で倒《たお》され、その一部が牧場にまで流れ込んでくるありさま。その勢いは、従業員の休憩小屋《きゅうけいごや》をまるのまま呑み込んでしまうほど。

被害を挙げればキリがない。二ヶ月経《た》った今も、復旧は遅々《ちち》として進まず、負債《ふさい》ばかりが積み重なっていく状況であった。

「どうだろうか？　復興とまでは言わないが、当面必要な額に足るだけの支援をしよう」

エリザベスはシルヴェスターの提案を聞き、目を瞬《まばた》かせていた。

彼女にとって、実家を救済する夢のような話ではあるが――。

「簡単に言ってくれますわ」

そう言って、戦いを挑《いど》むかのような目でシルヴェスターを睨みつけた。

牧場の復興には気が遠くなるほどの時間と、莫大《ばくだい》な金がかかる。

それを助けるなど、酔狂《すいきょう》の他ない。エリザベスははっきりと言い放った。

「そもそも、頼みとはなんですの？」

「駆け落ちして婚約発表をすっぽかした妹の、身代わりをしてほしい」

エリザベスはなんとなく内容を想像できていたのか、そこまで驚いた素振《そぶ》りは見せなかった。だが、依然《いぜん》として、親の仇《かたき》を見るような目でシルヴェスターを睨んでいる。

「レントン、小切手の用意を」

「かしこまりました」

執事はすぐさまペンとインク、小切手の準備をする。シルヴェスターはその場でさらさらと、とりあえず必要であろう金額を書き綴《か》《つづ》った。

「前金だ。これだけあれば、復興も進むだろう」

それは、身代わりの報酬《ほうしゅう》としてはありえない金額だった。

「なぜ、こんなに——？」

「あそこの牧場のバターは絶品だからね。この先味わえなくなるのは惜《お》しい」

「はあ!?」

マギニス家特製のバターはさまざまな地域にファンがいるほど有名だ。

しかし、そんな理由で大金を払うはずがないのはわかりきっている。

「裏——というか、下手な噂を広げないためというか」

「それほどまでに、婚約発表に現れないことが公爵家の汚点《おてん》になると？」

「そうだね」

シルヴェスターはなんとしてでも、公爵家の名誉《めいよ》を守らなければならない。

オブライエン公爵家は莫大な資産を持ち、王都の一等地に屋敷《やしき》を構える名家である。過去に多くの政治家や大使を輩出《はいしゅつ》した華々《はなばな》しい名誉もあった。その家名に傷をつけるなどもってのほか。

オブライエン家の令嬢が駆け落ちしたなどと知れたら、公爵家始まって以来の大スキャンダルである。なんとしてでも、エリザベスがいなくなったと知られるのは阻止《そし》しなければならないのだ。

「ちなみに、これから実家に帰るつもりで？」

「ええ――」

「君がマギニス家のためにできることと言えば、金持ちと結婚することくらいだろうね。けれど、すぐに相手が見つかるだろうか？　私の支援を受けたほうが早いだろう」

エリザベスは誰もが振り返るような美しい娘である。けれど、復興に足るほどの資産家となるとすぐには見つからないだろうと、シルヴェスターは指摘した。

「そういうわけだから、私との取引は、君にも大きな旨味《うまみ》がある。どうだろうか？　期間は妹が見つかるまででいい」

シルヴェスターはにっこりと微笑《ほほえ》む。

一方のエリザベスは、苦虫を噛《か》み潰《つぶ》したような、渋面《じゅうめん》を浮《う》かべていた。

第一章　身代わりの条件

エリザベス・マギニスは、大変な変わり者の娘である。

マギニス家の者達は皆、自然豊かな環境《かんきょう》の中で育つがゆえ、当たり前のように牧場を愛するようになる。牛や馬の世話は朝飯前。立派な田舎屋敷《カントリーハウス》を所有《しょゆう》する歴史ある一族だが、陽に焼けた健康的な肌を持ち、貴族らしからぬ恰好《かっこう》で働くことを厭《いと》わなかった。

一方で、エリザベスは牧場仕事に一切《いっさい》の興味を持たず、屋敷の書斎《ライブラリ》に引きこもって曾祖《そうそ》叔母《しゅくぼ》が集めた書物を読《よ》み漁《あさ》る日々を過ごしていた。エリザベスの曾祖叔母、マリアンナは才色兼備《さいしょくけんび》で、女性としては珍《めずら》しく、文官を務めた人物だった。

十年間文官として国に貢献《こうけん》し、三十になった翌年に大貴族へと嫁《とつ》ぐ。そんなマリアンナは、マギニス家の自慢《じまん》でもあった。

父親が絵本の読み聞かせ代わりに枕元《まくらもと》で語ってくれたマリアンナの逸話《いつわ》は、両手では数え切れないほど。エリザベスはしだいに、屋敷にあるマリアンナの肖像《しょうぞう》画《が》を眺《なが》めながら、彼女のような文官になりたいと考えるようになる。

だがしかし、父親は娘に平凡《へいぼん》な人生を歩んでほしいと、文官への道を反対した。幼いエリザベスに、頭を下げて願う。大きくなったら、牧場の仕事を助けてほしいと。

エリザベスはそれを、渋々《しぶしぶ》と受け入れたのだった。

八歳になった時、エリザベスは父親に頼み込んで家庭教師をつけてもらった。そんな中で、良からぬ噂《うわさ》が流れてくる。

小麦色の肌に、陽焼けした髪を持つ家族の中で、白磁《はくじ》のような肌に、絹のような髪をしているエリザベスのことを、拾われっ子と陰《かげ》で呼ぶ者がいたのだ。

直接エリザベスの耳に入るも、本人はまったく気にしなかった。

そんなことよりも、もっと大事なことがあったからだ。

それは、寄宿《きしゅく》学校への入学試験である。エリザベスは見事一発合格を果たす。

入学試験前に許可証にサインをしたものの、娘が合格するなどと思っていなかった父親は仰天《ぎょうてん》した。喜々《きき》として入学準備に励《はげ》むエリザベスを、父は止めた。学校は最近共学になったばかりで、女生徒の数はまだまだ少ない。男ばかりの中で、上手《うま》くやっていけるはずがないと。

だが、エリザベスも譲る気はない。渋る父親に、彼女は経営学を学び、牧場の手助けをしたいと訴《うった》えたのだ。

エリザベスは本ばかり読んで、牧場仕事をさぼっていると考えていた父親は、深い感銘《かんめい》を受け、娘の進学を許してしまう。

母親は生粋《きっすい》の令嬢《れいじょう》として育った娘を心配し、学園生活を送るならせめて男装をしたほうがいいのではと勧《すす》めた。けれど、エリザベスは頷《うなず》かない。

学校が指定した女生徒用の制服に袖《そで》を通し、数年間を過ごす。これほど綺麗《きれい》な娘を男子生徒が放っておかないのでは？　という心配は杞憂《きゆう》に終わった。

エリザベスは大変気が強く、負けず嫌い。異性がつけ入る隙《すき》というものを、まったく見せなかったのだ。

それに学生生活はあっという間だった。成績優秀《ゆうしゅう》のため飛び級をして、十六歳で首席《しゅせき》という評価と共に卒業する。

ちょうど社交界デビューとなる年でもあったが、美しく育ったエリザベスが、王都の夜会に送り出されることはなかった。

なぜならその時すでに、婚約者が決まっていたからだ。

アントニー・コルケット。

マギニス家と取引する大商人《だいしょうにん》の次男で、年は二十一歳。性格は温厚《おんこう》で大人しく、心優しい青年である。結婚した暁《あかつき》には、エリザベスとアントニーにチーズ工房《こうぼう》のすべてを任せようと父は考えていた。牧場の将来を任されたエリザベスは使命感に燃える。

だがそこで、問題が生じてしまった。

アントニーとエリザベスは、結婚前から経営方針についてたびたび議論を繰《く》り返《かえ》していた。その中で、どうしようもない価値観の違いが生じてしまったのである。従来のやり方で堅実《けんじつ》な経営を行いたいアントニーと、新しいやり方で改革を目指したいエリザベス。どちらも引かなかった。結局、それが理由で不仲となり、婚約は破談となる。

申し出はアントニー側からだった。

男性側から婚約破棄《はき》されたエリザベスは、田舎町《いなかまち》の社交場での話題を独占《どくせん》してしまう。当然ながら、手がつけられない我儘《わがまま》女だという悪評である。

父親は再び娘の結婚相手を探したが、気が強く、折れることを知らないエリザベスを妻に、と望む猛者《もさ》はどこにもいなかった。

このままではいけないと思った父は、娘を花嫁修業《はなよめしゅぎょう》に出す決意をする。王都に住む、三つ年下の妹の元に預けることにしたのだ。

それは、エリザベスにとって面白《おもしろ》くないことだったが、自らの行いのせいで家族までもが後ろ指を指される事態になっていることは、よく理解していた。

『人の噂も七十五日』という異国の格言もある。そう思って、花嫁修業という名の行儀見《ぎょうぎみ》習《なら》いをするために、王都の叔母《おば》を訪ねることになったのである。

父親の妹――叔母セリーヌ・ブライトンは大変厳しい人だった。

まず、自由な外出を禁じた。それから、学歴を語ることも。

勉強だけに身を捧《ささ》げてきたエリザベスは、貴族としての振《ふ》る舞《ま》いや決まりごとの壁《かべ》に直面し、悪戦苦闘《あくせんくとう》することになる。

王都の郊外《こうがい》に屋敷を構えるブライトン伯爵家《はくしやくけ》に嫁いだセリーヌは、エリザベスを侍女《じじょ》として扱《あつか》い、少しでも生意気な態度を取れば迷わず頰《ほお》を打った。

嫌《いや》なら実家に帰ればいいという叔母の挑発《ちようはつ》とも言える言葉に、エリザベスが従うことは一度もなかった。彼女はどうしようもないほどに、負けず嫌いだったのだ。

大変な毎日だった。叔母に打たれた頰を冷やす夜が続く。

それから二年間、めげることなく侍《はべ》り続けた。

使用人という身分を甘受《かんじゆ》しながら、誰《だれ》よりも気位高く食らいつくエリザベスを密《ひそ》かに気に入ったセリーヌは、常に彼女を傍《そば》に置くようになった。

二年間の行儀見習いの末、エリザベスはどこに出しても恥《は》ずかしくない貴族令嬢になった。多少、気の強さも矯正《きようせい》できたが、残念なことに性根は変わらない。

深い緑色の目は、今も曲がらない強い意志の光を放っていた。

その頃にはもう、姪《めい》であるエリザベスに良い結婚相手が見つかればいいと、セリーヌも心配するようになっていた。

一方で、これだけ美しくも気高い娘が放っておかれるわけもないと確信していた。

しだいに、姪に田舎暮らしは合わないだろうと思うようになり、セリーヌは兄の許可を得て、王都で結婚相手を探すようになった。

だがしかし、そんな中で、不幸な出来事が起こる。

東部の牧場が嵐《あらし》に襲《おそ》われ、大変な被害《ひがい》を出したというのだ。

エリザベスは即座《そくざ》に、家族の元へと帰ることを決意する。

セリーヌは引き止めたが、牧場は現在猫の手でも借りたい状態である。名残惜《なごりお》しいと思いつつも、見送ることに決めた。

最後に、二年間一生懸命頑張《がんば》ったエリザベスに、セリーヌは修業のご褒美《ほうび》を与える。それは、流行《はや》りのドレスと、王都の街を散策してもいいという許可だった。外出らしい外出を許されず、買い物といえば出入りの商人で済ませてきたエリザベスは、叔母からの思いがけない贈《おく》り物に驚《おどろ》いた。

戸惑《とまど》いつつも、贈られたドレスに身を包み、セリーヌの侍女を引き連れ、街で買い物を楽しんだ。

流行りのアクセサリーを見て、喫茶店《きっさてん》で茶を楽しみ、賑《にぎ》やかな商店街を散策する。

憧《あこが》れ続けた王都で、エリザベスはふと気付く。このまま故郷に帰ったら、もう二度と王都へ足を踏み入れることもないだろう。ならば最後に、王立図書館を一目見たいと思った。

学問に興味のない侍女たちを先に帰すと、エリザベスは意気揚々《いきようよう》と王立図書館を目指す。

この時の選択《せんたく》が間違いだったとは、知る由《よし》もなく――。

王立図書館は世界最大級の蔵書量を誇《ほこ》る。その数五十万冊以上とも言われていた。館内は天井《てんじょう》、本棚、机と、すべて白で統一されており、その美しさは有名である。

エリザベスは王都の図書館に子どもの頃から憧れていた。中に入って読書をする時間はないが、白亜《はくあ》の建物を一目見るだけでもいい。

道順を聞いた騎士の説明だと、市場を通らないと辿り着けないらしい。歩いて行けないほど遠くはなかったが、人で混雑している場所を通ったらドレスに皺《しわ》ができる可能性がある。どうしようかと考えたけれど、逡巡《しゅんじゅん》も一瞬《いっしゅん》のうちであった。

エリザベスはスカートを優雅《ゆうが》に翻《ひるがえ》し、市場へと進んで行く。

踵《かかと》の高い靴《くつ》が足先を苦しめる。ドレスだって軽い物ではない。スカートにボリュームを出す、何層にも重なるパニエは歩行を困難にするのだ。それでも、エリザベスの辞書に、諦《あきら》めるという言葉はない。よって、歯を食いしばりながらやっとのことで市場まで辿り着く。

強い太陽の下を歩き回っていたせいか、子どもの頃の記憶《きおく》が甦《よみがえ》ってしまった。額の汗を鬱陶《うっとう》しく思い、ハンカチで拭《ぬぐ》う。

幼い頃から書斎の本が友達だったエリザベスにとって、太陽の光は天敵であった。父親は「子どもは太陽の下で遊ぶのが一番だ」と言って、引きこもってばかりの娘の手を引いて外に連れ出そうとした。実際日中に活動してみたエリザベスは、とんでもないことだと思う。

強い陽の光は肌を焼き、汗だらけとなる。エリザベスはそれが心底嫌だった。

父親は太陽の下で駆《か》けまわって遊ぶ楽しさを知らないだけだと言う。

そんな時、いつも父を諭《さと》してくれたのは、一番上の兄、アークであった。

――リズが嫌がっていますよ。まったく、脳みそまで筋肉なんですか？

アークも他の家族同様に小麦色の肌を持ち、誰よりも牧場を愛していたが、それを他人に押しつけることはしなかった。

それどころか、本を読み、勉強ばかりしている妹のことを凄《すご》いと褒《ほ》め、応援《おうえん》してくれた。寄宿学校の試験を受ける許可をもらう時も、兄の口添《くちぞ》えがなかったら父も認めてくれなかっただろう。実家が窮《きゅう》地《ち》に陥《おちい》った今、自分が兄を助ける番だ。

王立図書館を一目見れば、満足する。もう王都に心残りはない。

けれど、その前に困難の壁が立ちはだかる。

市場の大売り出しの時間にかちあってしまったのだ。そうとは知らないエリザベスは、押《お》し寄《よ》せる人並みに瞠目《どうもく》する。なんとか抜け出そうとしても、自由が利《き》かない。

やっとのことで人混みから抜け出したものの、セリーヌからもらったドレスは皺だらけ、綺麗に結《ゆ》った髪も乱れていた。

怒《いか》りを含《ふく》んだ溜息《ためいき》を吐《つ》く。行き場のない感情は、向ける場所がなかった。

時刻はお昼過ぎ。図書館は諦めて帰らないと、叔母に心配をかけてしまう。

エリザベスは帰宅しようと、迷わず踵《きびす》を返した。その時だ。

早く帰ってお風呂《ふろ》に入って、今日買ったチョコレートを食べながら過ごそう。そんなことを考えていたところで、背後より呼び止められる。

「リズ！」

家族しか呼ぶはずのない愛称《あいしょう》が聞こえ、エリザベスは振り返る。すると、ずんずんと接近してくる男に、腕《うで》を取られた。

男は驚くほど整った顔立ちをしている。

毛先に癖《くせ》のあるプラチナブロンドの髪が、太陽の光を受けてキラキラと輝《かがや》いていた。切れ長の目は翡翠色《ひすいいろ》。すっと通った鼻筋に、薄《うす》い唇《くちびる》。一見温厚そうに見えるが、瞳《ひとみ》の奥からなんともいえない隙のなさが見え隠れしていた。

その人物はエリザベスの顔を見て、ひどく安堵《あんど》した表情を浮かべている。

時計塔《とう》の鐘《かね》が鳴り、エリザベスはハッと我に返った。

一瞬でも男性の顔に見とれてしまった自分を、恥じた。

一刻も早く帰宅するために、エリザベスは腕を摑《つか》んだままの男に制裁を下す。

手っ取り早く、相手の頰を思いっきり叩《はた》いた。

見目麗《みめうるわ》しい男の目が、驚きで見開かれる。次いで出てきた言葉は、「どうして……？」だった。そんなの、エリザベスのほうこそ聞きたい。

たたみかけるように、人違いである旨《むね》を強く主張した。

これで終了かと思いきや、相手は引かずに問いかける。

「君はリズ、エリザベスだろう？」と。

一瞬、寄宿学校時代の知り合いかと記憶を掘《ほ》り起《お》こした。が、このような華《はな》やかな容姿を持つ男に覚えなどない。それに、十は年上に見えた。学園内のどこかですれ違っている可能性も、ありえないと考える。

自分の知らない相手に愛称で呼ばれるなど、恐怖《きょうふ》でしかない。

確かに自分はエリザベスだが、あなたのことは知らないと、はっきり告げた。そんな彼女に対し、男は記憶喪失《そうしつ》ではないのかと言い出した。

人違いをしたあげく、記憶喪失扱いとは失礼にもほどがある、と静かに憤《いきどお》る。

けれど、相手はしつこかった。

――この人は何を言っているの？

エリザベスは、侮蔑《ぶべつ》を込めた視線を向けながら思う。

この時、互いに同じ言葉を脳裏《のうり》に浮かべていたとは、知る由もなく。

時間がもったいないと踵を返そうとしたその時――男は驚きの行動に出る。この場から去ろうとしていたエリザベスの体を掬《すく》うように持ち上げ、横抱き――通称《つうしょう》お姫様抱っこしたのだ。

見目麗しい男は人さらいだった。

エリザベスは必死に抵抗《ていこう》するも、体格差のためかびくともしない。

すらりと背が高く、細身に見えていたが、鍛《きた》えているのか体は硬《かた》く、引《ひ》き締《し》まっていた。

人さらいだ、助けてと叫《さけ》んでも、周囲の者達は誰も動かない。

男の「妹なんです」という言葉を信じ、国民を守る立場である騎士すらも苦笑いで見送るばかりであった。

そのまま馬車に押し込められたが、車内で抵抗する元気はもう残っていなかった。牧場仕事を手伝っていれば、この場で男を殴《なぐ》り倒《たお》す力を持てたのだろうかと考える。

一方、男は無表情で窓の外を眺め、エリザベスをいない者のように扱う。先ほどの態度とは真逆だ。

妹と勘違《かんちが》いされているのはわかったが、家族を見間違《みまちが》えるものだろうかと疑問に思う。

そうこうしているうちに、男の目的地へと辿り着いた。

高いレンガの壁の横を通り過ぎ、守衛《しゅえい》のいる大きな門をくぐる。

整えられた並木道を通り抜け、温室や噴水《ふんすい》、手入れが行き届いた庭園の前を通過した。エリザベスの実家や叔母の嫁ぎ先よりも建物の規模が大きく、窓の外の光景に驚く。

王都の裏通りにある娼館《しょうかん》ではなくて安堵したが、まだどうなるかわからない。もしもの時は、隠し持っているナイフでどうにかしようと、作戦を考える。幸い、人体の急所についても学んでいたのだ。

馬車から下りて、屋敷の中へと案内される。再び対峙《たいじ》することになるかと思いきや、男は執事《しつじ》に何かを命じていなくなってしまった。

置いてきぼりにされたエリザベスは、執事のあとをついて行くしかない。

赤い絨毯《じゅうたん》が敷《し》き詰《つ》められた廊下《ろうか》には、歴代当主の肖像画が飾られていた。現当主らしき男は、気難しそうな顔で描《えが》かれている。エリザベスは絶対に関わりたくないと思った。

辿り着いた部屋で待ち構えていたのは、数名の侍女。

執事はパーティーに間に合うよう、身支度《みじたく》を始めてほしいと言っていなくなる。エリザベスはジロリと、目の前の侍女達を睨《にら》みつけた。そして、怯《おび》えた様子を見せる侍女達に説明する。自分は、この家のエリザベスではない、と。

数分後、こんなことがありえるのかとエリザベスは瞠目することになる。

人違いを主張するエリザベスに、埒《らち》が明かないと思ったのか、侍女の一人が証拠《しょうこ》を持ってきたのだ。

お見合い用にと描かれたエリザベス・オブライエンの姿絵と、自分は瓜二つ《うりふた》。そのうえ名前も、顔も、背格好も、年齢《ねんれい》すらも同じだなんて。いまだ信じがたい気持ちでいる。

勘違いするのも仕方がないのかもしれない。

幸いなことに、侍女達は別人である証拠を見つけてくれた。

一つ目は、つむじの向きが逆だったということ。

二つ目は、胸の上部にあるホクロ。この家のエリザベスにはないものらしい。

この二点で、別人であることが確定したのだ。

さらに驚いたことに、ここは大貴族、オブライエン公爵家《こうしやくけ》だという。

エリザベスを無理矢理連れてきた美貌《びぼう》の男は、どうやらこの家の嫡男《ちやくなん》……となれば次期公爵ということになる。妹がいなくなって焦《あせ》っていた表情などを思い出し、愉快《ゆかい》に思った。事情は知らないが、本物の妹はきっと遠くへ逃げてしまい、二度と戻らないだろう。

そう思えば、エリザベスのモヤモヤしていた心も僅《わず》かに晴れる。

すぐさま帰りたいと言い募《つの》ったが、取り囲む使用人達はそれを許してくれなかった。侍女達がエリザベスを別人だと説明してくれると言うので、渋々次期公爵――シルヴェスターを待つ。

文句を言うだけ言って帰ろうと考えていたエリザベスに、まさかの事態が降りかかってくることになるとは、この時夢にも思っていなかった。

使用人より説明を受けた公爵家の嫡男、シルヴェスターは半信半疑《はんしんはんぎ》といった様子であったが、ようやく、エリザベスが二人いることを受け入れたようだ。

いまだ記憶喪失ではないのか、という疑いを捨てきれていない男にエリザベスは冷ややかな視線を送る。男は、すぐに自らの過《あやま》ちを認めて謝罪をしてきたが、エリザベスにとってはもはやどうでもいいことだ。

早く、叔母の元へと帰らなければ。先ほどから時間が気になって堪《たま》らなかった。せっかく「よく頑張った」と認めてもらい、流行りのドレスと外出の許可までもらったのに、シルヴェスターの勘違いのせいでとんでもない事態に巻き込まれてしまったのだ。

彼に頼み込まれて家名を名乗れば、驚くべき事実が発覚する。

何代か前に公爵家は、エリザベスの生家であるマギニス家と婚姻《こんいん》を結んだことがあるというのだ。

思い当たるのは一人だけ。エリザベスの憧れの人、曾祖叔母マリアンナだ。

話では大貴族に嫁いだとしか聞いていなかったが、その理由も発覚する。マリアンナは当時の公爵の後妻《ごさい》だったらしい。

おそらく、自慢の娘の嫁ぎ先が前妻の後釜《あとがま》だったので、詳細《しょうさい》を伏《ふ》せておきたかったのだろう。

同じ血筋を辿る二人のエリザベスが似ている理由も、そうと聞けば頷けた。

事情もわかり、もう話すことはない。そう思い、エリザベスは立ち上がる。

公爵家に滞在《たいざい》していた証明書でも書いてもらおうかと、そんな考えが脳裏をチラリと過ったが、人さらい男――シルヴェスターにそれを頼《たの》むのも癪《しゃく》だった。なので、そのまま帰宅しようと扉《とびら》に向かって歩く。

シルヴェスターの横を一瞥《いちべつ》もせずに通り過ぎようとしたが、腕を掴まれ、引き止められてしまった。これ以上なんの用事だと睨みを利かせると、シルヴェスターは想定外の言葉を口にする。

――駆け落ちして婚約発表をすっぽかした妹の、身代わりをしてほしい、と。

シルヴェスターは、エリザベスの実家の窮地をよく知っていた。

牧場の復興を手助けする代わりに、妹の身代わりをしてほしいと頼み込んできたのだ。

エリザベスの実家、マギニス家にとって、公爵家からの支援《しえん》は得がたいもの。

金持ちと結婚して支援を乞《こ》う必要もなくなるかもしれない。問題はどれだけの規模で手を貸してくれるのか、だ。

僅かな支援であれば、意味がない。

結婚相手を探したほうが時間の無駄《むだ》にはならないと、エリザベスは考える。

ところが、なんとエリザベスの予想を超えた額が提示されたのだ。それは、短期間での支援としては十分過ぎるほどの額である。

どうしてこのような大金を出すのかと聞くと、マギニス家の牧場で作るバターが好きだからと、シルヴェスターはのんびりとした口調で語る。

理由はそれだけではないだろうと、エリザベスは思った。

「裏――というか、下手な噂を広げないためというか」

やっぱりそうか、と思う。公爵家の娘が駆け落ちしたと知られたら、家名に傷がつく。それを防ぐための隠蔽代《いんぺいだい》と考えれば、提示された金額は大金でもなんでもない。広がった悪評は、どんなに金をつぎ込んでも消えることはないからだ。

それをあえて語らないシルヴェスターを、とんだ食わせ者だとエリザベスは思う。果たして、この計画に乗ってもいいのかとも。

「身代わりと簡単におっしゃいますが、知り合いなどにはなんと説明するおつもりで？」

「婚約者のユーインとエリザベスは、これまで直接会ったことがないから問題ないだろう。婚約も時期がくれば解消しようと思っている。駆け落ちした妹と彼を結婚させるのは、申し訳ないからね」

一応、シルヴェスターの中に良心という感情があることを確認する。

けれど、警戒《けいかい》は解かないでおいた。

「とにかく、今晩の婚約パーティーを乗り切ることが第一として、エリザベスが見つかるまで、身代わりをしてもらおうかなと」

エリザベスが社交界で付き合っていた人間とも、縁《えん》を切るから問題ないという。どの人物も、公爵家の娘が付き合うに相応《ふさわ》しくない、振る舞いに問題のある人物ばかりだから、むしろ好都合らしい。

「連れ戻した妹は、修道院《しゅうどういん》に入れるつもりだ。なので、好きなように振る舞ってくれてかまわない」

「わたくしの家族には、なんと説明すれば？」

「ああ、それは……そういえば、君はなぜ王都に？」

マギニス家の領地は王都の東、辺境《へんきょう》とも言える場所にある。その家の娘がなぜ、王都にいるのかと、いまさらながらシルヴェスターは疑問に思ったようだ。

エリザベスは自らの事情――叔母の嫁ぎ先で行儀見習いをしていたことを話す。

「なるほど、ブライトン伯爵夫人の家に……」

叔母が心配するので、一旦《いったん》家に帰してほしいとエリザベスは願う。

だが、シルヴェスターは首を縦に振《ふ》らなかった。

「ご実家と夫人の家には私から事情を説明しておこう。君は、今夜の婚約パーティーに専念してくれ」

シルヴェスターは叔母に説明し、エリザベスの実家にも、手紙を送ってくれるという。

「何か伝えたいことがあれば、侍女に言ってくれ。明日の夕方には手紙を出そう。小切手と共にね」

最後に、シルヴェスターは念を押すように聞いてくる。

「妹の身代わりを、引き受けてくれるね？」

「お待ちになって。公爵令嬢のエリザベスがなかなか見つからなかったらどうなさいますの？」

「婚約期間は一年の約束だが、半年捜して見つけ出すことができなかったら、諦めるよ」

その時は、エリザベスは地方で静養することにして、婚約を解消させるという。

「所詮《しょせん》、素人《しろうと》の考える逃亡劇《とうぼうげき》だ。公爵家の捜査を掻《か》い潜《くぐ》れるものでもないだろう」

婚約パーティーも、エリザベスの知り合いは一人も招待していないので心配いらないと話す。明日以降は、好きに過ごせばいいと告げられた。

「好きにとは？」

「異性との不純交遊以外ならば、なんでも構わないよ。我が家が破産しない程度の買い物だったらいくらでも。図書館や社交場など、公的な場所だったら、外出もしていいし」

「図書館……！」

その言葉に、頑《かたく》なだった気持ちが一気に揺《ゆ》らぐ。取引内容は悪いものではない。それどころか、夢だった図書館に毎日行けるのだ。

エリザベスは最後に、もっとも気になっていたことを質問してみた。

「なぜ、身代わりを立ててまで公爵家の名誉《めいよ》を守りたいと思いましたの？」

「私は、この家で育ち、それ以外を知らないから……仕方がないんだよ」

唯一《ゆいいつ》、その感情だけはエリザベスにも理解できる。育った家は、簡単に見放すことはできないものだ。

エリザベスはすぐに返事をする。

「半年、だけでしたら――」

「ありがとう、エリザベス嬢！」

シルヴェスターは胸に手を当て、騎士のように頭《こうべ》を垂れる。

エリザベスはその様子を見ながら、このように育ちの良い優雅な男は自分の周りにはいなかったなと、ぼんやり考えていた。

それから、大急ぎで身支度を始める。

婚約パーティーに用意されたのは、ローブ・モンタントと呼ばれるドレス。立《た》ち襟《えり》で長袖、丈《たけ》は足元を覆《おお》っているデザインだ。

昼用礼装として選ばれることの多いこのドレスは、奔放《ほんぽう》なエリザベスに貞淑《ていしゅく》なイメージを植えつけるために今回選ばれたのだと侍女は話す。

純白のドレスはリボンやレースなどが一切使われておらず、シンプルな美しさがある。
布地は絹で、花の浮き模様が織りだされていた。
その高級な手触《てざわ》りに、エリザベスはほうと溜息を吐く。
今まで身に纏《まと》ったことのない、贅《ぜい》が尽《つ》くされたドレスである。
このような生活は、この先二度と味わえない。
そう思い、エリザベスは公爵令嬢の華麗《かれい》な生活を覗《のぞ》いてみることに決めた。

第二章　婚約者、ユーイン・エインスワーズ

婚約《こんやく》パーティー開始二時間前に、エリザベスの婚約者ユーイン・エインスワーズが到着《とうちゃく》した。身代わりのことは外には漏《も》らさないというのがシルヴェスターとの約束事である。もちろん、ユーインにも伏《ふ》せたままだ。

いずれ婚約は解消されるのだから何も心配はいらないと、シルヴェスターは告げた。

場所を客間に移動する。侍《はべ》らせる使用人は、事情を知る数名のみ。

そして――エリザベスとユーインは初めて顔を合わせた。

シルヴェスターが間を取り持つ。

向かい合って座る両者の雰囲気《ふんいき》は、決していいものではない。張《は》り詰《つ》めた空気の中、シルヴェスターは笑顔を浮かべながら紹介《しょうかい》する。

「私の妹、エリザベスだ」

ユーインは眼鏡《めがね》のブリッジを押し上げ、盛大《せいだい》な溜息《ためいき》を吐《つ》いたあと話し始める。

「やっと放蕩娘《ほうとうむすめ》を大人しくすることができたのですね」

呆《あき》れと嫌悪感《けんおかん》が含《ふく》まれた、侮蔑《ぶべつ》の眼差し。

それを見てエリザベスはホッとした。

もしも、彼がエリザベスに熱を上げているのならば、騙《だま》すことに対して罪悪感を覚えることになる。ところが、目の前の人物は悪評知《し》れ渡《わた》る公爵令嬢《こうしやくれいじよう》に良い感情を抱《いだ》いているようには見えなかった。

「エリザベス、こちらがユーイン。君の未来の夫だ」

「はじめまして」

エリザベスの挨拶《あいさつ》にユーインは目を細め、何かを探《さぐ》るかのような視線を向けている。

ユーイン・エインスワーズ。エリザベスの四つ年上の二十二歳。

すらりとした長身に、きちんと整えられた黒髪、眼鏡の奥にある切れ長の涼《すず》しげな目元に、上品な鼻。青い瞳《ひとみ》は、サファイアのよう。シルヴェスターのように誰《だれ》もが振り返る華《はな》やかさはないものの、十分に整った容姿をしていた。

エインスワーズ家は公爵家の分家らしく、この大変な婚約話を断れなかったのだろう。気の毒にと、他人事《ひとごと》のように思っていた。

婚約を結んでいた二人が、今日まで初対面であったのには理由《わけ》がある。

それは、数回企画した顔合わせをかねた食事会を、エリザベスがすべてすっぽかしたからだった。当然ながら、約束を破られた側であるユーインは怒《いか》りと我慢《がまん》を重ねることにな

る。

城に仕《つか》える文官である彼は、毎日多忙《たぼう》を極《きわ》めていた。食事会をしようとシルヴェスターに誘《さそ》われ、婚約者のためにとスケジュールを調整してなんとか空けた時間だというのに、一方的に欠席されること計四回。

エリザベスに良い感情を抱けるはずもないのだ。

「シルヴェスター、いったいどのようにして、彼女を説得されたのでしょう？」

「エリザベスもようやく心を入《い》れ替《か》えたんだ。ねえ、リズ？」

シルヴェスターはにっこりと、妙《みよう》に迫力《はくりよく》のある笑顔で訊《たず》ねる。エリザベスは渋々《しぶしぶ》、といった感じで頷《うなず》いてみせた。

「どうせ今晩も、来ないかと思っていました。何か大きな騒《さわ》ぎを起こして、公爵家の名誉《めいよ》を地に落とすようなことをしでかすのではないかと」

ユーインの読みは当たっていた。シルヴェスターは感情を表に出すことなく、笑みを深めるだけに留《とど》める。

二人の男の間に、目には見えない火花のようなものがバチバチと散っているように思えたが、エリザベスはしれっとして気付かないふりを決め込む。でないと、神経が保《も》たない。

「まあ、邪推《じやすい》は杞憂《きゆう》に終わったわけですが、私個人としては、釈然《しやくぜん》としないところもあります」

「そうだろうね。それは、こちらからも謝罪するよ」

再び、シルヴェスターの笑顔が向けられる。無言の「ここでユーインに謝《あやま》ってくれ」という圧力を感じた。エリザベスは扇《おうぎ》をパラリと広げ、口元を隠《かく》す。そして、シルヴェスターに問いかけた。

「――なぜ、わたくしが謝罪を？」

「なぜって……」

エリザベスの言葉を繰《く》り返《かえ》し、シルヴェスターは返答に困る。

一方、ユーインは眉間《みけん》の皺《しわ》を深めていた。

「さすが、社交界一の性悪娘《しょうわるむすめ》というわけですね」

これ以上、話をするつもりはないとばかりに、ユーインは立ち上がる。

彼はそのまま無言で、部屋から出て行った。

二人きりとなり、シルヴェスターは盛大な溜息を吐く。そして、一拍《いっぱく》の間を置いて席を移動すると、エリザベスの斜《なな》め前に腰《こし》を下ろした。

「エリザベス嬢《じょう》、君は、身代わりをするつもりはあるのか？」

エリザベスは目を細めながらシルヴェスターを一瞥《いちべつ》したのちに、ゆっくりと頷く。あのような態度を取ったわけを、語り始めた。

「本当のエリザベスならば、素直《すなお》に謝らないと思いましたの」

「ああ、そういうわけか。なるほど、確かにその通りだ」

シルヴェスターは冷静になって考えてみる。あの時のエリザベスの返答は完璧《かんぺき》だった。

しかし、ユーインのことを思ったら、気の毒になってしまった。

「でも、あの場では謝ってほしかった」

「でしたら、後日あのお方に手紙を書きますわ。今晩のお詫《わ》びと、お礼を」

「ああ、そうしてくれ」

妹のことで頭を悩ませていたシルヴェスターは、さらなる問題を抱《かか》えてしまったと呟《つぶや》く。

それをエリザベスは、他人事のように聞いていた。


二時間後、招待客が公爵家に集《つど》い、婚約パーティーが始まった。

主役の二人は、最後に登場することになっていた。

広場に繋《つな》がる扉《とびら》の前で、エリザベスはユーインと並んで待機する。

目も合わせないまま、ユーインは隣《となり》に立つエリザベスに話しかけた。

「なぜ、今日参加する気になったのですか？」

「お兄様に、頼《たの》まれたもので」

嘘《うそ》は言っていない。エリザベスは堂々と言葉を返す。

「今までも、シルヴェスターから頼まれていたはずでしょう？」

「熱心にお願いされたものですから、仕方がなく」

これも、本当のことであった。

ユーインは「いいご身分ですね」と、正直な感想を述べる。

「私も、この結婚はシルヴェスターに熱心に頼まれたので、受けたまでのこと。あなた個人には、まったく、欠片《かけら》も、興味がありません」

「奇遇《きぐう》ね。わたくしもですわ」

図《はか》らずも、本音をぶつけ合う会話となった。

「エリザベス嬢――リズと呼んだほうが？」

「いいえ、エリザベスで結構」

「わかりました。……エリザベス嬢、手を、私の腕《うで》に」

「ええ」

今から、幸せな婚約者同士を演じなければならない。

エリザベスは報酬《ほうしゅう》のため、ユーインは公爵家と実家である伯爵家《はくしゃくけ》の名誉のため、戦いを挑《いど》むように扉を開く。

招待客の盛大な拍手《はくしゅ》で出迎《でむか》えられ、完璧な笑顔で応える二人であった。

婚約パーティーは滞《とどこお》りなく終了《しゅうりょう》した。

ユーインのように表立ってエリザベスに嫌悪を表す人はおらず、終始《しゅうし》心からの祝福を受けることとなる。招待客を見送り、ユーインと別れたあと、シルヴェスターの私室に呼び出された。

「お疲れさま、エリザベス嬢」

「ええ、本当に疲れましたわ」

そう口では言いながらも、エリザベスは疲労感《ひろうかん》を隠していた。

慣れない夜会に本当はくたくたであったが、隙《すき》を見せるわけにはいかないと今も背筋をピンと伸ばして座っている。

「なんとか、今晩を乗り切れて、ホッとしているよ。改めてお礼を言わせていただこう。本当に、ありがとう」

あとは本物のエリザベスが見つかるまで長くて半年間、好きに過ごしていいと言われたが、婚約パーティーの最後に、エリザベスはユーインから宣言を受けていた。月に一度、食事をしてもらう、と。婚約中、一度も会わないとなると妙な噂《うわさ》が立つ。ユーインより、「公爵家のために、従うように」と釘《くぎ》を刺《さ》されたのだ。

シルヴェスター同様、ユーインも公爵家に並々ならぬ忠誠心《ちゅうせいしん》を抱いているようだった。

婚約解消は半年後。本物のエリザベスが見つからなければ、ユーインと最低でも食事を六回、共にしなければならない。憂鬱《ゆううつ》だとばかりに、溜息を吐いた。

シルヴェスターにユーインの印象を尋《たず》ねられ、「死ぬほど気が合わない」と切って捨てた。

「手厳しいね。妹の結婚相手はユーインしかいないと思っていたのだけれど」

「ええ、自由奔放《ほんぽう》なご令嬢には、あのように堅苦《かたくる》しいほど真面目《まじめ》な人がお似合いでしょう」

厳格な男――ユーイン・エインスワーズ。

やることなすことお小言《こごと》ばかりで、息が詰まりそうだったと話す。

「結婚するならあの人よりも、あなたのほうがまだマシですわ」

口うるさくないからだとエリザベスは吐《は》き捨《す》てるように言った。シルヴェスターは笑いを堪《こら》えるように返事をする。

「それはそれは、光栄です、お姫様」

「軽口《かるくち》を叩《たた》いていないで、あなたこそ早く結婚したほうがよろしいのではなくって？」

「そうだね。実は父にも責められているんだ」

思わぬ反撃《はんげき》を受けたシルヴェスターであったが、笑顔で受け流していた。


パーティーではほとんど食事も取れない状態であったが、化粧《けしょう》を落とし、着替えをすませると力尽きてしまう。使用人を下がらせ、エリザベスはそのまま泥《どろ》のように眠ってしまった。

翌朝、シャラリ、という音で目が覚める。使用人がカーテンを開けた音だった。外はまだ薄暗《うすぐら》いようだ。

エリザベスの覚醒《かくせい》に使用人が気付き、頭《こうべ》を垂れる。

「おはようございます、エリザベスお嬢様。今、お茶をお持ちいたしますね」

「……ええ」

まだ、はっきりと目覚めていない意識の中、返事をする。

起き上がったものの、朝に弱いため、少しの間ぼんやりと過ごす。

数分後、侍女《じじょ》が目覚めの紅茶を持って来た。

エリザベスは受け取った紅茶――『目覚めの一杯《アーリーモーニングティー》』を、まじまじと見つめる。寝起きの時間に、使用人が紅茶を持ってくるのは初めての経験だったのだ。

「エリザベスお嬢様、ミルクやお砂糖はいかがですか？」

「いいえ、必要ないわ」

香《かお》りで、ダージリンだとわかる。頭もぼんやりしていたので、目覚ましにはちょうどいいと思い、香り高く渋い紅茶を口にした。

「今から身支度《みじたく》を始めますと、若様とご一緒に朝食を召《め》し上がれますが、いかがなさいますか？」

シルヴェスターに寝坊《ねぼう》したと思われるのも癪《しゃく》なので、侍女に身支度の手伝いを頼む。すると、紅茶をのんびり味わっている暇《ひま》などなくなってしまった。

まず、どのようなドレスがいいか聞かれる。

叔母《おば》セリーヌに毎朝聞いていた質問を自分が受ける側になるとは思いもしていなかった。同時に、エリザベスは額に手を当てる。

なぜかと言えば、質問してくる侍女が一人や二人ではなかったからだ。

ドレス係、下着係、化粧係、宝飾品《ほうしょくひん》係、髪飾り係、靴《くつ》係――数名の侍女が続け様にどのような品を選ぶか聞いてきたのである。

「エリザベスお嬢様、ドレスはいかがなさいますか?」

「あまり、派手じゃないものを」

「エリザベスお嬢様、下着はいかがなさいますか?」

「体の線が綺麗《きれい》に見えるものを」

「エリザベスお嬢様、お化粧は?」

「あまり濃《こ》くしないで」

「エリザベスお嬢様、アクセサリーはいかがいたしましょう?」

「ドレスに合うものを」

いつもセリーヌが言っていたような内容を真似《まね》て指示してみた。すると、侍女達は静々《しずしず》と会釈《えしゃく》をし、準備に取りかかる。間違った回答はしなかったようで、エリザベスは安堵《あんど》の息を吐いた。

主人と使用人の間にも、確執《かくしつ》は起こる。一度舐《な》められると、仕事に手を抜いたり、私物がなくなったりと大変な事態になるのだ。一瞬《いっしゅん》たりとも隙を見せてはいけない。それが、叔母の元で働いた時に学んだことである。これは結婚してから役に立つと思っていたが、想定以上に早い段階で役に立った。

朝食の時間に間に合うよう、身支度が素早《すばや》く進められる。

用意されたのは、レースで縁《ふち》取られた立《た》ち襟《えり》のドレス。

スカートは体の線に沿う形となっており、腰から足元にかけてボリュームのあるフリルやリボンで飾られていた。空色のドレスに合わせ、耳には真珠《しんじゅ》の飾りをつける。

着替えが済むと、首元に布を巻いて化粧に移る。

その間、波打った髪に櫛《くし》が通され、サイドを編《あ》み込《こ》み、ピンとリボンで留《と》められる。

身支度は一時間ほどで完了《かんりょう》。ちょうど朝食の準備も整ったというので、食堂へと向かう。まだ、シルヴェスターは来ていなかった。エリザベスは心の中で快哉《かいさい》を叫《さけ》ぶ。

執事《しつじ》と話をしながら食堂へとやってきたシルヴェスターは、優雅《ゆうが》に紅茶を嗜《たしな》んでいたエリザベスを見て驚《おどろ》いていた。

「おはようございます、お兄様」

「おはよう、リズ」

呆気《あっけ》に取られながら、従僕《じゅうぼく》より今日の新聞を受け取る。

「驚いたな。昨日はかなり疲れただろう？」

「いいえ。あれくらい、なんてことなくってよ」

「それは、それは。心強い」

エリザベスは本音を押し隠し、強がりとも言える発言をする。昨日の疲れをいまだ引きずっていたし、心の奥底《おくそこ》では、早く朝食を済ませてのんびりしたいと思っていた。

「家族と朝、食事をするなんて久々だな」

「そうでしたの？」

「父は忙《いそが》しいし、もう一人のリズは……お寝坊さん、だったし」

にこにこと浮かべる笑顔は嘘にも見えなかったので、エリザベスは「本当の妹ではないけれど」という発言は控《ひか》えておいた。

カリカリに焼かれたベーコンとオムレツ、トマトとレタスが載《の》った皿が目の前に運ばれてくる。丸い白パンも、皿に盛りつけられた。

食前の祈《いの》りを捧《ささ》げたあと、ナイフとフォークを手に取る。

オムレツにナイフを入れたら、トロリと卵が溢《あふ》れた。それを一口大に切り分け、口元へと運ぶ。朝食の美味《おい》しさに目を見張っていると、シルヴェスターが話しかけてきた。

「――昨日は、褒《ほ》められたよ。君のことを」

とんでもない放蕩娘だという悪評《あくひょう》が流れていたものの、実際は品のある美しいお嬢さんだと、シルヴェスターの親しい友人などが口にしたという。

「妹らしさを残しつつ、貴婦人らしい振《ふ》る舞《ま》いができる。それに、堅物《かたぶつ》で辛口《からくち》なユーインに屈《くっ》しない度胸《どきょう》。私は素晴《すば》らしい身代わりを見つけたようだ」

久々に、穏《おだ》やかな心境《しんきょう》で過ごしたとシルヴェスターは話す。

「まあ、光栄ですこと」

「このまま公爵令嬢として、代わりにいてほしいくらいだ」

「冗談《じょうだん》ではありませんわ」

「なぜ？」

真顔で問われ、エリザベスは言葉に詰まる。だが、すぐに我に返った。

朝から優雅な食事を体験したが、これが数ヶ月、数年と続けばうんざりするだろう。それに、貴族社会の腹芸《はらげい》はどうにも苦手に思っていた。

「不自由のない暮らしを約束するし、結婚相手だって、君の望むようないい男を探してくるけれど？」

「結構ですわ。あなたの駒《こま》になるなんて、一晩でうんざり」

「なるほど」

はっきりとした迷いのない返答を聞き、シルヴェスターは至極愉快《しごくゆかい》だとばかりに笑みを深める。エリザベスは扇を広げて口元を隠し、そんな彼をジロリと睨《にら》みつけた。

「私にそのような視線を向ける女性は、君が初めてだ」

「でしょうね。わたくしのように、恨《うら》みがましい目で、あなたを見つめる女性はいないでしょう」

「恨み……そういう意味だったのか。むしろ好かれているのかと」

「勘違《かんちが》いなさらないでくださる？」

朝食を終えたシルヴェスターは、新聞を読みつつちょっかいをかける。

その様子は楽しそうで、エリザベスを静かに逆上《ぎゃくじょう》させていた。

散々堪能《たんのう》したあと、彼は出勤時間だと言って立ち上がる。

「では、行ってくるよ。帰りは遅いから、待たなくてもいい」

「心配なさらずとも、先に寝ています」

「それを聞いて安心した」

脇《わき》を去りゆくシルヴェスターに、エリザベスは一瞥もくれない。

なので、キラリと光った彼のいたずらな目つきに、気付いていなかった。

「では、行ってくるよ、エリザベス」

つれない態度を気にした様子もなく、シルヴェスターはエリザベスの座る椅子《いす》の背に両手を置く。そしてエリザベスの顔を覗《のぞ》き込《こ》んだかと思えば、頬《ほお》に口づけをした。

押しつけられた唇《くちびる》にぎょっとして、体が硬直《こうちょく》する。

急いで振り返るが、当の本人は背を向けて手を振っているところであった。

「な、なんてことを……！」

挨拶《あいさつ》のキスをすること自体は、決して珍《めずら》しいことではない。けれど、それは親しい者同士での話。昨日会ったばかりの二人がするべき行為《こうい》ではない。

エリザベスは、怒りで震える。

きっと、生意気な態度を取ったので、嫌《いや》がらせをしてきたのだ。

「シルヴェスター・オブライエン、許さない、絶対に……」

怨念《おんねん》の籠《こも》った呟きを聞いた給仕係《きゆうじがかり》が、あまりの迫力に食器を床《ゆか》に落としてしまう。

エリザベスは気にも留めていない。その表情は怒りで歪《ゆが》んでおり、使用人達を恐怖《きようふ》で震《ふる》え上《あ》がらせるには、十分過ぎるほどの迫力があった。


朝食後、二度目の着替えを提案される。昼用のドレスが何着か用意され、エリザベスは薄紅色《うすべにいろ》のシンプルなデザインを選んだ。

身支度を終えたあと、邸内《ていない》を自由に歩いていいと言われていたので、見て回る。途中《とちゆう》、書斎《ライブラリ》を見つけて、数冊部屋に持ち帰った。侍女が紅茶とお菓子《かし》を運んでくれ、レモンとオレンジの風味を利《き》かせた紅茶を優雅に飲みつつ、読書を始める。

窓の外にある木々は、すっかり紅葉していた。

王都に来て二年。エリザベスは季節の移り変わりにも気付かないほど忙しい日々を過ごしてきた。風に煽《あお》られ、はらりと落ちていく紅《あか》い葉を美しく思う。

ここでの生活も、悪いことばかりではない。そう考えていた刹那《せつな》、侍女がやってきて、耳打ちをする。

「おくつろぎのところ、申し訳ありません。エリザベスお嬢様にお会いしたいと、アリス・センツベリー侯爵《こうしやく》令嬢がいらっしゃっているのですが」

「なんですって？」

あくまでも優しく、囁《ささや》くように侍女へと問いかける。けれど、腹の中では苛立《いらだ》ちのようなものが渦巻《うずま》いていた。

静かな時間を邪魔《じやま》されたのも嫌だったし、先触《さきぶ》れのない訪問というのは、まったくもって礼儀《れいぎ》がなっていない。だからこそ、わざとだろうと決めつける。

訪問してきたご令嬢は、おそらく何か文句《もんく》でも言いにきたのだろう。エリザベスは溜息を吐く代わりに、侍女へ笑顔を向けた。

「だったら、このドレスでは失礼になりますね」

侍女を震え上がらせるような悪魔《あくま》の微笑《ほほえ》みを浮かべていたとは、本人には知る由《よし》もない。

エリザベスは侍女を一列に並べ、客人と会うための支度を調えると宣言すると、まくしたてるように一気に指示を出す。

「――ドレスの色は紫《むらさき》、下着はそのまま、化粧はアイラインと口紅を濃くして、ネックレスは大粒《おおつぶ》のダイヤモンドを、髪型はハーフアップに。靴はドレスに合わせた色合いで」

以上をたった十五分で終わらせるようにと命じた。

今までしたことがない短い時間での身支度だったが、無理だと言える雰囲気ではない。侍女達は小走りで準備を始める。

結果、エリザベスの言った通りの時間内で、着替えや化粧を完了させることができた。何を準備すればいいか、どういう化粧をすればいいかの指示が的確だったので、できた芸当だとも言える。

完璧な貴婦人の装《よそお》いとなったエリザベスは、「まあまあね」と辛口の評価をする。そして、銀盆《ぎんぼん》の上に並べられた扇を一本一本手に取って広げ、素材や中の絵を確認した。

骨部分は象牙《ぞうげ》、扇面《せんめん》には鳥の羽根、布地や紙に田園風景や花模様、動物の絵が描《えが》かれた品々。どれも軽くてしなやかな扇は、これまで見た中で贅《ぜい》が尽《つ》くされたものばかりであった。

そんな中、エリザベスが選んだのはニジキジの羽根の扇。それを手にした瞬間、身支度は完璧なものとなる。

世話役の侍女を下がらせ、客間女中《パーラーメイド》を呼びつける。

侯爵令嬢アリスが待つ部屋へ、案内するよう命じた。


侯爵令嬢アリス・センツベリーと、公爵令嬢エリザベス・オブライエンは親しい仲ではなかった。侍女曰《いわ》く、会ったのは一度きりで、軽く挨拶を交《か》わした程度だという。ならば、対応もさほど難しいものではない。エリザベスはそう思っていたのだが――。

客間に行ってみると、想定外の展開が待っていた。

アリスはいきなり長椅子から立ち上がり、ずんずんとエリザベスに迫《せま》ってくる。

年頃は十五、六くらい。栗色《くりいろ》の長い巻き毛に、ぱっちりとした青い目が印象的な小柄《こがら》な少女である。アリスはエリザベスの目の前まで来ると、手を振り上げた。

パシン！

乾《かわ》いた音が静かな部屋に響《ひび》く。

「――この、泥棒猫《どろぼうねこ》!!」

アリスはエリザベスの頬を叩き、叫んだのだ。

当然ながら、エリザベスに心当たりはない。ジロリとアリスを睨みつけると、彼女はビクリと肩を揺らし、僅《わず》かに後退した。

「泥棒猫とは、どういうことですの？」

「し、しらばっくれないで!!」

「わたくしが、何か？」

「な、何かじゃないわ!!」

頬を叩かれてなお冷静なエリザベスの様子に、叩いたほうのアリスが狼狽《ろうばい》している。後退していくアリスを、エリザベスはゆっくり追い詰めていった。

「ごめんなさいね。わたくし、最近忘れっぽくって」

「な、なんですって!?」

「わたくし、あなたと何かお約束でもしていたかしら？」

「わ、忘れるなんて、信じられない!!」

アリスはエリザベスを指差し、糾弾《きゅうだん》した。

「――ユーイン様との婚約は、破棄《はき》するって言ったでしょう!?　なのに、どうして昨日、見せつけるように、仲良く婚約発表したの!?」

そういうことだったのかと、扇を広げて口元を隠し、そっと溜息を吐く。

詳《くわ》しく聞いたら、手紙でやりとりされたことだったとわかった。

聞けばアリスはユーインを慕《した》っており、話を聞いた彼女の父侯爵が結婚を申し込んだ。

しかしユーインはすでにエリザベスと婚約を結んでいたのである。それでも諦《あきら》められなかったアリスは、エリザベスに婚約を破棄してくれないかと手紙を書いた。

すべては身代わりであるエリザベスが知るはずもない情報である。

「嘘つき！　泥棒猫！」

目を潤《うる》ませながら、少ない語彙《ごい》で罵倒《ばとう》するアリスを前に、エリザベスは瞼《まぶた》を閉じ、髪をかき上げながらどうしたものかと考える。

ふと、ある可能性が浮かんだ。それに賭《か》けて、話をしてみる。

「お待ちになって、アリス様」

「何よ!!」

「わたくし、パーティーまでに婚約を破棄するなんて言ったかしら」

「――あ」

アリスは自分の過《あやま》ちに気付き、わなわなと震えながら目を見開いて硬直する。本物のエリザベスは婚約破棄のタイミングを詳しく書いていなかったようだ。アリスは一気に青ざめる。一方、エリザベスは予想が当たって良かったと、心の中で安堵の息を吐く。

「公爵家にも、体面というものがありますのよ」

「あの、わ、私……」

アリスの青ざめた表情を見て、ようやく溜飲《りゅういん》が下がる。

それから扇を胸に当て、安心させるような笑みを浮かべつつ、語りかけた。

「アリス様、安心なさって。わたくし、ユーイン・エインスワーズと結婚するつもりはまったくございませんの」

「ほ、本当に？」

「ええ、本当ですわ」

シルヴェスターは半年後、婚約をなかったものとすると言っていた。

それまで、この猪突猛進《ちょとつもうしん》娘は大人しく待てるものだろうか。

けれど、エリザベスはアリスの弱みを握った。問答無用でエリザベスの頬を叩いた愚行《ぐこう》の証拠《しょうこ》はくっきりと、白い頬に朱《しゅ》を差す形で残っているのだ。

「それで、頬を打ってくださった無礼の始末はどうつけるおつもりですの？」

「え⁉」

「先ほどから、アリス様に叩かれたところが、ひどく痛んで」

ふらふらと力尽きるような動きで長椅子に座り込み、背もたれに体を預ける。頬に手を当て、エリザベスはわざとらしく深い溜息を吐いた。一連の動きを見ていたアリスは、俯《うつむ》いて小さく震えている。

「ご、ごめんなさい、エリザベス様」

「謝って済む問題かしら？」

「だったら、どうすれば――」

エリザベスはあえてもったいぶった様子で、半年後に婚約破棄することを伝える。

「それまでの期間、耐《た》えていただけるかしら？」

「えっと、それだけ？」

アリスは呆気に取られた様子で、疑問を口にする。

散々怖い顔と今にも倒れそうな様子を見せておいて、落とし前は実にシンプルなものだからだ。だが、エリザベスはもう一つだけ、と願いを口にする。

「わたくしには今後二度と近づかないで。何があっても」

「わ、わかったわ」

「約束よ？」

「ええ、約束、するわ」

エリザベスは手をかざし、侍女を呼び寄せると何事かを耳打ちする。

すぐに、客間の棚《たな》から白い紙とペン、インク壺《つぼ》が取り出され、テーブルの上に置かれた。

「エリザベス様、こちらは？」

「契約書ですわ。先ほどの約束を守ると、ここに一筆《いっぴつ》書いていただける？」

「え、ええ。いいけれど」

アリスは用意された紙に、今後エリザベスとユーインの婚約に口出ししないことと、エリザベスに二度と近づかないことを誓《ちか》うと書いた。

「これでいいの？」

「ええ。では、最後に、血判《けっぱん》を」

「けっぱん、って何かしら？」

「指を切って、自身の血液でサインすることでしてよ」

「なんですって⁉」

アリスは瞠目《どうもく》し、「なんて野蛮《やばん》なことを要求するの？」と反発していたが、エリザベスは手のひらで強く打ちつけるように扇を畳《たた》んだ。

そのパチンという音に、アリスはビクリと慄《おのの》く。

「野蛮なのはどちらかしら？　事情も聞かずに頰を叩くなんて」

「そ、それは――」

「これは、痛み分けですわ」

「そ、そんな……」

アリスは今にも泣きだしそうだ。エリザベスはにっこりと悪魔の笑みを浮かべながら、ケーキを切り分けるためのナイフを手に取る。

「あっ、その、エリザベス様っ」

「覚悟《かくご》もなく、誰かを傷つけるというのは愚《ぐ》の骨頂《こっちょう》、というものでしてよ」

エリザベスの握るナイフが、陽の光を反射してキラリと光る。

アリスは自らの愚《おろ》かさに気付き、肩を震わせていた。

「さあ、アリス様――」

そうして、握られたナイフの刃《は》がアリスに差し出され――ることはなく、さっくりとテーブルにあったアップルパイへと沈《しず》んでいく。そのまま小さく切り分けたアップルパイを小皿へと移し、アリスに差し出した。

「どうぞ、お召し上がりになって。うちのカスタードアップルパイは絶品ですの」

「……え？」

「焼きたてですので、冷めないうちにどうぞ」

侍女が淹《い》れ直した紅茶を持ってくる。アリスは呆気に取られつつも、勧《すす》められるがままにフォークを手に取り、アップルパイを一口食べた。

生地《きじ》はバターの風味が豊かで、食感はサクサク。中の林檎《りんご》はほどよい酸味《さんみ》と、カスタードの濃厚《のうこう》な甘《あま》さが絡《から》み合《あ》い、上品な味わいとなる。

「お、美味しいわ……！」

「でしょう？」

実は一度も食べたことがない公爵家のアップルパイであったが、適当に勧めてみたところ、本当に絶品だったようだ。

公爵家にあるものは何から何まで一級品。このアップルパイも、きっとそうだろうと確信していた部分もある。

アリスは紅茶を一口飲み、ホッと至福の時を過ごしていたが、視界の端《はし》に契約書が映り、表情を曇《くも》らせる。

それに気づいたエリザベスは、首を横に振りつつアリスに言う。

「もう、よろしくってよ」

「え？」

「血判状なんていりませんわ。このまま、お帰りになって」

「いいの？」

「血なんか見たら、せっかくのアップルパイが不味《まず》くなってしまいますもの」

「あ、ありがとう、ございます」

アリスは立ち上がり、深々と頭を下げる。

「エリザベス様、今日は、本当に、申し訳ないことをしたと思っています」

「お気になさらないで。今後、もう会うこともないのですから」

「え、ええ」

アリスはもう一度頭を下げると、気まずげな様子で帰っていく。

なんとか平和的に騒ぎを収めることができたが、身代わり生活が始まって早々、とんでもない目に遭《あ》ってしまう。しかし、寄宿《きしゅく》学校にいた時に受けた嫌がらせや罵詈《ばり》雑言《ぞうごん》に比べたら、アリスの平手打ちなど可愛《かわい》いものであった。

小娘《こむすめ》一人あしらうなんて朝飯前である。けれど、面倒《めんどう》なことに変わりはない。

ユーイン・エインスワーズは、性格はどうであれ、見目麗《みめうるわ》しい男だった。この先も、アリスのような女性に突撃《とつげき》されたら困ってしまう。

それにしても、正式に決まった婚約を勝手に解消すると約束したエリザベス・オブライエンとは、いったいどんな女なのか。二度と、問題が起きなければいいのだが……。

まだまだ目に見えないトラブルがあちらこちらに地雷《じらい》のように埋《う》まっていて、行動を起こせば爆発《ばくはつ》してしまうのではないかと、危惧《きぐ》してしまう。

半年間、なるべく大人しく過ごそう。エリザベスはそう決心する。

王都にいる間は、シルヴェスターの書斎の本を読破しよう。図書館へもできるだけ赴《おもむ》きたい。身代わり生活期間は、以上の二点を達成することを目標に、目立たないように暮らすことを決めた。


午後からは侍女を私室に呼び、公爵令嬢エリザベス・オブライエンの交友関係を確認しておく。

今日みたいに、思いがけないタイミングで知り合いだという人間に会うのは心臓に悪い。忘れっぽいと言ってしらばっくれるのにも限界がある。

誰に会っても大丈夫《だいじょうぶ》なように、侍女からすべての知り合いを聞き出した。

「バークリー男爵家子息《だんしやくけしそく》のブルーノ様、ブレイク家の伯爵カール様、ブラットロー伯爵家子息クリス様、アップルトン社のカーティス取締役《とりしまりやく》……」

次々と関係のあった男の名が挙げられ、エリザベスの表情は険《けわ》しくなっていく。驚くべきことに、それらの人物達とは密《みつ》な付き合いをしており、朝帰りをするような関係であったと告げられた。

「いったい、エリザベス・オブライエンの貞操観念《ていそうかんねん》はどうなっていますの？」

公爵令嬢エリザベスについての事情が、侍女の口より語られる。

「それが……、エリザベスお嬢様のお母上は十年も前に亡《な》くなられ、お父上――公爵様は外交官《がいこうかん》でご多忙ですから、こちらへは、年に一度か二度、帰られる程度です。兄君であるシルヴェスター様もお忙しく、帰りは毎日深夜。教育係がお嬢様の夜遊びを窘《たしな》めていましたが、言うことをまったく聞かずにお出かけになってしまわれて」

「そう。最低最悪なご令嬢ですわね」

つまり、エリザベスの奔放な振る舞いはなるべくしてなったという話。

家族の愛に飢《う》えて、それを外に求めたのだろうか。

「お嬢様は、貴族社会は息苦しい、自由に暮らしたいと常々《つねづね》口にしておりました。しかし、本当に出て行ってしまうなんて……。私どもも驚いておりまして――」

貴族社会は息苦しく、自由がない。その点に関しては、エリザベスも同意する。実家で暮らしている間は比較的《ひかくてき》好き勝手な毎日であったが、叔母セリーヌの元で修業《しゅぎょう》を始めてからは、貴族のしきたりや貴婦人らしい振る舞いを学ぶ上でうんざりすることは数えきれなかった。

拘束具《こうそくぐ》のようなコルセットで体を締《し》め、流行《はや》りのドレスに身を包み、決められた相手と結婚する。

自由のない、貴族女性の人生――それはまるで、鳥籠《とりかご》の中にいるかのよう。

好きな振る舞いは許されず、これではいったいなんのために生きているのだろうかと、疑問に思うことも少なくなかった。だからといって、エリザベスはその柵《しがらみ》から解放されたいとは思わない。

自らは、家族の支えがあって在るものだとわかっているからだ。

「公爵令嬢のエリザベスは、自身が籠の中の小鳥だということに気付いていませんのね」

侍女は曖昧《あいまい》な表情を浮かべるばかりで、返事をすることはなかった。

「わたくしも、籠の中の小鳥。けれど、身勝手に空を飛びたいとは思いませんわ」

「エリザベスお嬢様は、小鳥というよりは、猛禽《もうきん》……」

「え？」

「いいえ、なんでもございません」

ぶんぶんと激しく首を横に振り、自らの発言を取り消そうとする侍女。幸い、身代わりのエリザベスに猛禽のようだという発言は聞こえていなかった。

広く浅い交遊関係を確認したあと、エリザベスは婚約者ユーインへ手紙を書こうと筆を執《と》る。侯爵令嬢アリスの騒ぎに巻き込まれたことは苦々しい気持ちでいたが、ユーインにはそれこそ関係のない話なので、昨晩の謝罪と礼を書くだけに止めておいた。エリザベスは、本物のエリザベスの筆跡《ひっせき》を真似してユーインへの手紙を書きあげる。

彼女は気まぐれに書いた手紙を送らず、引き出しの中にいくつも溜《た》め込《こ》んでいたので、どういう文字を書くのか確認することができたのだ。

奔放な娘であったが、丁寧《ていねい》な文字と綺麗な文章を書くものだと正直驚いた。

昨晩の謝罪と礼をしたためた手紙に絹のハンカチを同封《どうふう》し、侍女に預ける。ひと仕事終え、背伸びをしたエリザベスは、身代わり初日から大変だったと振り返った。

だが、これも実家の牧場のため。そう思えば、我慢もできる。

夜になると、思ったより早くシルヴェスターが帰ってきたので、今日あった事件を報告した。

「なるほど。ユーインの、ね」

「ええ。酷い目に遭いましたわ」

最後に、どうやって解決したのかと聞かれる。

「血判で署名を持ちかけましたの。こちらは叩かれたので、痛み分けです」

もちろん脅《おど》しただけで、実際にはさせていないと言っておく。

それを聞いたシルヴェスターは一瞬ポカンとして、ぽつりと呟く。

「さすが、エリザベス嬢」

「何がさすがなのか、まったくわかりませんわ」

エリザベスのその言葉を聞いたシルヴェスターは、堪《こら》えるのが限界になり、至極愉快とばかりに肩を震わせて笑いだす。

シルヴェスターは食事も喉《のど》を通らないほど毎日働き詰めだと聞いていたが、十分元気そうではないか。

そこまで笑うなんて失礼だと思い、渾身《こんしん》の力で睨みつける。

「失礼。久々に笑ったので、加減《かげん》を間違えたよ」

「あなた、いつもニヤニヤしていませんこと？」

「心外だな。仕事は忙しいし、妹は悩みの種だし、笑う暇なんてない人生だったのに」

シルヴェスターの言葉に、エリザベスは大きな溜息を返した。

このようにして、エリザベスの公爵家での一日は無事終了となる。

二日目。侍女に起こされる前に目を覚ます。

枕元《まくらもと》にある角灯《ランタン》にマッチで火を点《とも》し、読みかけだった本を開いた。それは昨日、シルヴェスターの書斎から持ってきた一冊で、最新の経済学について記されたものである。こういった本は需要《じゅよう》が少ないことから刷り数も僅かで、高価だった。エリザベスの実家にある経済学の本は曾祖《そうそ》叔母《しゅくぼ》マリアンナの時代のもので、随分《ずいぶん》と古い本ばかりだったが、借りた本はここ一、二年の間に発行されたもので、時間も忘れて読みふけってしまう。

外から薄明かりが差し込む頃やってきた侍女がカーテンを開け、お茶を用意すると言って一旦《いったん》退出すると、ようやく本を閉じ、角灯の火を消す。

さあ、今日はどのような装《よそお》いをしようか。エリザベスは大量の衣装《いしょう》を所有していた。思わず溜息が出そうなほどに美しいドレスが、衣装部屋いっぱいに納められている。

――美しく着飾《きかざ》ることは武装《ぶそう》と同じ。社交場は、戦場なのですよ。

それは、叔母セリーヌの教え。

婚約パーティーや、アリスとの邂逅《かいこう》を思い出しながら、本当にその通りだと思った。他人に隙を見せるわけにはいかない。エリザベスはそう考え、今日もとびきりのドレスを用意するよう、侍女に命じる。

外は晴天。食卓《しょくたく》には、焼きたてのパンが運ばれているところであった。

藍色《あいいろ》のドレスを纏《まと》い食卓につくエリザベスは、やってきたシルヴェスターに挑むかのように挨拶をする。

「おはようございます、お兄様」

「おはよう、リズ。今日も綺麗だね」

昨日はなかった一言に、エリザベスは眉間に皺を寄せる。武装を褒めるのは、相手に余《よ》裕《ゆう》がある証《あかし》。悔《くや》しくなって、奥歯《おくば》を噛《か》みしめる。

「ゆっくり眠れたかい？」

「おかげさまで」

渋面《じゅうめん》を浮かべたまま答えるエリザベスの様子が面白かったのか、シルヴェスターは笑みを深める。いちいち気にしていたら負けだと思い、先に食前の祈りを始めた。

神へ感謝の言葉を捧げるうちに、荒《あ》れていた心も安らかになる。瞼を開くと、同じように食前の祈りをするシルヴェスターの姿を見ることになった。

シルヴェスター・オブライエン。十歳年上で、二十八歳。腹芸を得意とするこの男は、易々《やすやす》と勝てる相手ではない。そもそも、人生経験に差があり過ぎだ。

彼にも、なるべく深く関わらないよう、心の中で決心を固める。

じっと眺《なが》めていたら、祈りを終えて瞼を開いたシルヴェスターと目が合ってしまった。

何かと聞かれ、なんでもないと返す。

何事もなかったように、ふわふわに炒《い》られた卵をフォークで掬《すく》い、口にした。本日の朝食も、絶品である。

「リズ、美味しいかい？」

シルヴェスターに問いかけられて、ハッと我に返った。美味しい料理に、自然と頬が緩《ゆる》んでいたことに気付くのと同時に、それを見られていたことが恥《は》ずかしくなる。

美味しかったと素直に返すのも癪だったので、ツンと澄《す》まして無視を決め込んだ。

視界の端に映るシルヴェスターは笑みを深めており、気分を害した様子はなかった。朝食を終え、執事から上着を着せてもらっている。

食堂から出て行く前に、彼はエリザベスに声をかけた。

「今日も遅くなる」

「存じていましてよ」

「一緒に夕食でも、と思うんだけどね」

「どうぞ、お気になさらずに。お仕事に励《はげ》んでくださいな」

朝から深夜まで働かなければならない生活は、いつか体に支障をきたすだろうが、幸いシルヴェスターは本当の兄ではなく、他人である。

どれだけ働こうが、心配にもならない。

「ああお兄様、一つだけ、お願いがありますの」

「なんだい？　リズ」

エリザベスから、シルヴェスターへの願い。それは――。

「わたくしに、家族のキスはなさらないでくださる？」

その発言に、シルヴェスターはにこりと微笑み返す。答えはエリザベスの望むものであった。

「わかった。家族のキスはしない。約束しよう」

思いがけず真面目な返事をされたことに対して僅かに驚きつつも、きちんと誓ってくれたことに満足するエリザベスであった。

第三章 お嬢様暮らしは大変

朝食後、薄紅色《うすべにいろ》のドレスと首飾《くびかざ》り、耳飾りに靴《くつ》が運ばれてくる。公爵家《こうしゃくけ》では朝、昼、晩と、三回も着替えることを普通《ふつう》としていた。二日目で早くもうんざりしつつ、エリザベスは侍女《じじょ》達の手による身支度《みじたく》を黙《だま》って受け入れる。

今日こそ、ゆっくり本を読める。そう思っていたのに、装《よそお》いを新たにしたエリザベスを、執事《しつじ》のレントンが待ち構えていた。

「エリザベスお嬢様《じょうさま》、お手紙が届いております」

差し出された銀盆《ぎんぼん》の上には、綺麗《きれい》に重ねられた手紙があった。先日の婚約パーティーの参加者からだろうとレントンは話す。

「……これを、わたくしにどうしろと？」

「中を検《あらた》めて、お返事を、とのことです」

今まで、エリザベス宛《あ》ての手紙はシルヴェスターが処理していた。けれど今日からは、すべてエリザベスに任せると言っているそうだ。

「任せるとは？・」

「仮にお茶会などに誘《さそ》われた場合の判断など、エリザベスお嬢様にお任せするとのことでした」

本物のエリザベスは見つかりしだい、修道院送りとなる。身代わりのエリザベスが茶会などに参加し、多少誰《だれ》かと仲良くなっても特に問題はない、ということのようだ。

「本物のエリザベスお嬢様がされていたように、侍女に代筆を頼んでも構わないそうです。楽しい王都生活を、と若様が」

「……そう」

これ以上の質問はせずに、執事を下がらせる。

手紙を数えると、二十五通もあった。うんざりしていると眉間《みけん》が寄っているのに気付き、手で強張《こわば》りを解《ほぐ》す。

ゆったりと寛《くつろ》げる長椅子《ながいす》から立ち上がり、机のある隣《となり》の部屋へと移動した。

机の上にあったペンを手に取ってインク壺《つぼ》を開いたが、中身は空《から》。今まで、エリザベス・オブライエンが自身の執務机《しつむづくえ》につくことはほとんどなく、作業をする環境《かんきょう》は整えられていなかったようだ。

侍女を呼んで、壺の中にインクを満たすようにと命《めい》じる。

届いた手紙のほとんどは婚約を祝福するもので、エリザベスは丁寧《ていねい》に一通一通返事を書いた。中にはお茶会への誘いもあったが、結婚の準備に追われているなど、適当な理由をつけてやんわりと断った。

半分ほど手紙を書き終えると、時刻は十一時過ぎ。

侍女が紅茶を持ってきたので、ひと休みすることにした。

お昼前のこの時間に飲む紅茶を『イレブンジズ・ティー』と呼ぶ。

共に運ばれるのは、一口大に作られたハニーバターサンド。短時間で溜《た》め込《こ》んでしまった疲れを、甘《あま》ったるいミルクティーと茶請《ちゃう》けで癒《いや》す。

ハニーサンドは公爵家自慢《じまん》の一品らしいが、エリザベスは一切れで胸焼けしてしまった。

十分の軽いティータイムを終えたあと、再び手紙を書く作業を再開させたところで、あっという間にお昼となる。

侍女より昼食の準備が整ったという報告があったので、食堂へと移動した。

たった一人だけの食事なのに、ずらりと食堂に並び、あれやこれやと給仕《きゅうじ》を始める使用人を眺《なが》めながら、遠慮《えんりょ》のない溜息《ためいき》を吐《つ》く。

公爵家の昼食は今日も豪勢《ごうせい》だ。

前菜は牡蠣《かき》のオイル煮《コンフィ》、秋の味覚のスープ、メインは白身魚の蒸し焼き《ポアレ》、狩猟鳥《しゅりょうどり》と根菜の煮込み《ラグー》。食後の甘味《デザート》は林檎《りんご》のクリーム・ブリュレと、バニラビーンズのコクと風味が利《き》いたアイスクリーム。

異国出身の料理人が作った料理はどれも絶品で、大変満足な内容であったが、エリザベスは口元をナプキンで拭《ぬぐ》いながら、レントンを呼び寄せる。

「いかがなさいましたか、エリザベスお嬢様」

「料理の量が多いの、全部」

「それはそれは、大変な失礼を」

本物のエリザベスは用意された量をぺろりと完食していたらしい。

けれど、身代わりのエリザベスは、半分の量でいいと告げる。

「ここにはいらっしゃらないエリザベスお嬢様は、イレブンジズのお時間にハニーバターサンドを五切れ召《め》し上《あ》がり、追加でスコーンなどをご所望《しょもう》する日もございました」

「そう、羨《うらや》ましいことですわ」

エリザベスは昔から食が細かった。そのおかげで体力はなく、太陽の下で少し走っただけでも息切れしてしまう。父にたくさんパンを食べ、牧場のミルクを飲めば元気になると言われていたが、一つ食べきるだけでもひと苦労する幼少期を過ごしていた。

エリザベスは物憂《ものう》げになりながら、体力作りをしなければと呟《つぶや》く。すると、レントンがあるものを勧《すす》めてきた。

「エリザベスお嬢様、でしたら、乗馬などいかがでしょう？」

それは、父親からも強く勧められてきたことだった。けれど、牧場の馬は体が大きくて、気性《きしょう》も荒《あら》く怖かったのだ。

「エリザベスお嬢様の馬もおりますよ。美しい白馬です」

「そう……」

小柄《こがら》で大人しい性格だというその馬ならば、挑戦《ちょうせん》してみてもいいかもしれない。エリザベスはそんなことを、ぼんやりと考えた。

「乗馬服や小物など、ご準備しておきましょう」

「まあ、そのあたりはおいおい。どうせ、しばらくは暇《ひま》などもないでしょうから」

数日は、婚約パーティー関連の手紙が届くだろう。

しかし、公爵家での生活に合わせていくことはこの先必然である。午後から時間があれば、白馬でも見に行こうか。

けれどこの日の十五時前、手紙の返事を書き終えてひと息ついているところに、一通の手紙が届けられたのである。

それは、婚約者ユーイン・エインスワーズからのものだった。

レントンから銀盆の上の手紙を受け取りながら、早馬で届けられたと知らされ、はあと憂鬱《ゆううつ》な溜息を吐く。

内容は、手紙を受け取った旨《むね》と、社交辞令《しゃこうじれい》的なハンカチの礼、それから——今晩、食事をしたいと書かれていた。

あまりにも急過ぎる誘いに、エリザベスはこめかみを押さえる。

とはいえ、断る理由はなかった。うんざりしつつも、レントンに夜の外出を知らせる。

数分後、身支度をするために、侍女がやってきた。


たかが婚約者に会って食事をするだけなのに、風呂《ふろ》で入念に磨《みが》かれ、気合いの入った化《け》粧《しょう》と装いに仕立てられる。身支度だけでくたくただった。

気付けば、外はすっかり暗くなっている。

踵《かかと》の高い靴に履《は》き替《か》え、肩にショールを巻いて玄関《げんかん》先へ用意された馬車に乗り込んだ。レントンの見送りを受け、出発する。

依然《いぜん》として、気分は憂鬱。月に一度のビジネスライクな食事会をするには早過ぎる誘いである。いったいなんの用事だと、見当もつかないまま馬車で揺《ゆ》られることになった。

到着《とうちゃく》したのは、三ヶ月先まで予約が取れないという流行《はや》りの店。叔母《おば》の家にいた時の侍女達が、憧《あこが》れの店だと話していたことを思い出す。

白い壁《かべ》に緑の縁《ふち》取《ど》りが飾られた外観は、上品で洗練《せんれん》された佇《たたず》まいであった。中へと入り、ユーインの名を告げれば、個室の待合室《ラウンジ》に通される。

内部の家具は白で統一されており、壁紙は優雅《ゆうが》な花模様《はなもよう》。女性が好みそうな場所だと、エリザベスは人気の理由を理解する。

侍女と共にしばらく待っていると、店員がやってきて、食事専用部屋《ダイニングルーム》へと案内された。

通された部屋に一歩踏《ふ》み込《こ》めば、すぐさまユーインと目が合う。

「ごきげんよう、ユーイン・エインスワーズ」

急に呼び出されたという不満を隠《かく》しつつ、にこりと微笑《ほほえ》むエリザベス。一方のユーインは、厳しい視線を向けていたが、口にした言葉は表情とは異なるものである。

「突然《とつぜん》呼び出してしまい、申し訳ありませんでした」

「よろしくってよ」

給仕が椅子を引き、エリザベスは腰かける。

「食事の好みは？」

「特に何も。お任せいたしますわ」

「わかりました」

給仕がいなくなったあと、ユーインはエリザベスに話しかける。

「今日、呼び出した理由ですが――」

だが、話す前に顔を歪《ゆが》め、ユーインは溜息を吐く。何か面倒《めんどう》な問題でも起こったのだろうか。言《い》い淀《よど》むので、早く話すように促《うなが》した。

「遠慮なくお話しください」

ユーインは苦虫を噛《か》み潰《つぶ》したように告げる。

「昨晩、あなたの恋人に、婚約を解消するよう迫《せま》られたのです」

呼び出しの思わぬ理由に、エリザベスは笑ってしまった。

「何がおかしいのでしょう？」

「ごめんなさいね」

まさか、互《たが》いに似たような被害《ひがい》に遭《あ》っていたのかと、おかしくなってしまったのだ。そんな事情を知る由《よし》もないユーインは、エリザベスの態度に不快感を露《あら》わにしている。

「それで、あなたの元にやってきたのは、どなたですの？」

「……カール・ブレイク卿《きょう》です」

「そう、あのお方が」

侍女から聞いていた交際相手の一人、カール・ブレイク。齢《とし》は三十七。妻子あり。公爵令嬢《れいじょう》のエリザベスとは一番付き合いが長く、頻繁《ひんぱん》に会っていたという話だった。

「今の奥方と別れて、あなたを後妻として迎《むか》える心づもりらしいですよ」

「そんなの、困りますわ」

こっちのエリザベスに言われても、という意味を存分に込めて言う。

「伯爵家《はくしゃくけ》の後妻《ごさい》なんて、お兄様がお許しにならないと思いますの」

「でしょうね」

語気を強めたユーインは、不機嫌《ふきげん》な顔のままワインを一気に飲み干した。

「それで、あなたはなんとお返事をなさいましたの？」

「もちろん、その件はシルヴェスターに交渉《こうしょう》してくださいと言いました」

――まあ、素敵《すてき》！

そんな言葉を、寸前で呑《の》み込《こ》む。あの澄《す》ました顔をしたシルヴェスターが、強引《ごういん》で礼儀《れいぎ》知らずの伯爵に迫られて困るなんて至極愉快《しごくゆかい》だわ、とエリザベスは思う。

「今日、こうして来ていただいたのは、今後、他の男性との付き合いは控《ひか》えていただきたいと、忠告したかったのです」

返事をどうすべきかエリザベスは迷う。自由奔放《ほんぽう》な娘がいきなり品行方正《ひんこうほうせい》になるのは不自然だろう。

「さあ、どういたしましょう？」

「どうするもこうするも、迷惑《めいわく》なんですよ。仕事中に無理矢理押し入られて、婚約を解消するように迫られるのは」

「大変ですわね」

「誰のせいだと思っているのですか？」

――それはここにはいない公爵令嬢エリザベス・オブライエンのせいですわ。

もちろんそんなこと、口に出して言えるわけもない。

給仕が食事を運んでくる。

前菜はチーズスフレ。ふわふわの生地《きじ》をスプーンで掬《すく》って、舌の上でとろける食感を堪《たん》能《のう》する。他は魚と野菜の三色テリーヌ、インゲン豆のスープ。

メインはエビの香草焼《こうそうや》き、途中《とちゅう》で口直しのアイスクリームを食べたあと、仔牛《こうし》のワイン煮込みが運ばれてくる。食後のデザートは木苺《きいちご》のムース。

以上がコースである。

全体的に量は少なめで、女性に人気な理由が頷《うなず》ける味と、サービスであった。エリザベスは食後の紅茶を、ユーインは食後酒を飲み始める。

給仕のいなくなった部屋で、会話が再開された。

「あなたはいったい、何を考えているのでしょうか？」

そう言われても、返答に困る。家族の愛情を受けて育ったエリザベスには、公爵令嬢エリザベスの他人に依存《いぞん》する行為《こうい》を理解できなかったからだ。

「わたくしは――」

わからない。そう答えようとした刹那《せつな》、怒鳴《どな》り声《ごえ》と店員の焦《あせ》った声が聞こえてくる。

「なんの騒《さわ》ぎですか」

ぽつりとユーインが呟くと同時に、バンと個室の扉《とびら》が開かれる。

振り向いたエリザベスは、首を傾《かし》げた。扉の向こうにいたのは店員ではなく、正装した見知らぬ男だったからだ。

「エリザベス、ここにいたのか」

「はい？」

入ってきた中年男は、髪を振り乱し、額には大粒《おおつぶ》の汗《あせ》を浮かべていた。

「ブレイク卿、なぜ、ここに？」

聞き返したのは、ユーインだった。

その言葉を聞いて、この男がエリザベスの交際相手、カール・ブレイク伯爵であることに気付いた。三十代後半と聞いていたのに、髪には白髪《しらが》が交《ま》じり、目元には深い皺《しわ》が刻まれている。実年齢《ねんれい》よりも随分《ずいぶん》と上に見えた。

ブレイク伯爵は支配人の手を払《はら》い、ずんずんと部屋に入ってくる。エリザベスの前で立ち止まると、腕《うで》を摑《つか》んで無理矢理立たせた。

「──なっ、何を⁉」

「エリザベス、一緒《いっしょ》に帰ろう。お前は、この男に騙《だま》されている‼」

ユーインを指差し、叫《さけ》ぶブレイク伯爵。

「女性に乱暴なことはしないでください」

「黙れ、これは俺の女だ！」

エリザベスは止めようとしたが、ユーインに牽制《けんせい》される。

「彼は頭に血が上《のぼ》っています。あなたは何もせずに、大人しくしていてください」

「おい、話を聞いているのか⁉」

呆《あき》れた行動に、ユーインは眼鏡のブリッジを押さえながら盛大《せいだい》な溜息を吐いている。

「――いいか、エリザベス。こいつは、蛇《へび》のような男なんだ。結婚を出世の道具としか思っていない。婚約は破棄《はき》したほうがいい。だが、安心しろ。俺が幸せにする。妻とは別れよう。約束する」

いい年をして夢物語を語る中年男を、エリザベスは睨《にら》み上げた。けれど、抗議《こうぎ》の視線にブレイク伯爵はまったく気付かない。摑まれた腕も痛みを訴《うった》えている。それなのに、強引に引き寄せようとしたので、高い踵で思いっきり足を踏みつけてやった。

ブレイク伯爵は悲鳴をあげ、踏まれた足を確認するかのようにしゃがみ込む。拘束《こうそく》がなくなったので、エリザベスは相手から距離を取る。

そして、傲然《ごうぜん》と言い放った。

「わかっていないのは、あなたですわ」

貴族の結婚は政略的な意味合いが強い。結婚によって家と家との繋《つな》がりを強くし、互いに繁栄《はんえい》を目指す。婚姻《こんいん》を結ぶことによって、出世を望むユーインの考えは間違ったものではないのだ。

貴族であるエリザベスは、結婚に関してドライな考えを持っていた。恋愛小説にあるような甘いものではないと、わかっている。

「わたくしは、身に纏《まと》うドレスが、育った環境が、学んだ教養が、何に活用されるべきか、理解しております。決して、あなたの後妻になるために、与えられたものではありません」

そう言い切って、ブレイク伯爵に背を向けた。すると、驚《おどろ》いた顔をしたユーインと目が合う。冷たい言い方に瞠目《どうもく》したのかと思ったが――。

「危ない!!」

ユーインの叫びを聞いて、エリザベスは振り返る。

ナイフをかざしたブレイク伯爵が迫っていたのだ。

回避《かいひ》する暇などない。エリザベスはぎゅっと、目を閉じる。

――ああ、なんてつまらない人生なの。

浮かんできたのは、その一言だった。

だが。

キン、と金属が床《ゆか》に落ちる音に瞼《まぶた》を開く。刃《やいば》は、エリザベスに届くことはなく、ユーインがブレイク伯爵を取り押さえ、ナイフを叩《たた》き落としていた。

目の前の光景を確認し、無事だったのだとわかった途端《とたん》、体が震《ふる》え出す。

エリザベスは自分の肩を両手で抱いていた。

遠くから、バタバタと人が駆《か》けつける足音が聞こえる。不利な状況《じょうきょう》に気付いた伯爵は、頭を抱《かか》えていた。

ユーインはここで、エリザベスを振り返った。

いつものように平然としているかと思いきや、彼女は顔を青くして、微《かす》かに震えている。

年頃の少女らしいか弱い姿に、どうしてか目が離せなくなった。

だが、声をかけようとした瞬間《しゅんかん》、個室の扉が開かれる。

支配人が警察を呼んでいたようで、ブレイク伯爵はその場で逮捕《たいほ》となった。

エリザベスとユーインは事情を話すため、取り調べを受けることになる。

結局、帰宅していいと言われたのは、日付が変わるような時刻になってからだった。


ユーインはエリザベスを家まで送ると言い、共に馬車で帰ることになった。暗い車内で
エリザベスは窓枠《まどわく》に肘《ひじ》を突《つ》く。

「……散々な目に遭いましたわ」

「いったい、誰のせいであんな事件になったか、わかっていないようですね」

さすがのユーインの声色にも、疲労《ひろう》が滲《にじ》んでいた。

エリザベスはお気の毒にと、他人事《ひとごと》のように思う。

「あなたも、お兄様におっしゃったほうがいいわ」

「何をですか?」

「わたくしとの結婚なんて、まっぴらだって」

　ブレイク伯爵は逮捕されてしまったので、シルヴェスターが文句《もんく》を言われて困るという楽しみにしていた状況は叶《かな》わなくなった。なので、代わりにユーインから言ってくれないかと、願いを込めて提案してみる。

　けれど、返ってきたのは思いがけない言葉であった。

「――婚約を解消するつもりはありませんので」

「あら、どうしてですの？」

「あなたみたいなとんでもない女性を、世に放つわけにはいきませんから」

「まあ！」

　とんでもない女性は公爵令嬢のエリザベスで、とんだ濡《ぬ》れ衣《ぎぬ》だ。そう言い返しそうになり、慌《あわ》てて言葉を呑み込む。

「責任感の強いお方ですのね」

「ええ、おかげさまで」

　自分達の結婚を、なげやりに語るエリザベスとユーインであった。

　玄関先で別れると、エリザベスは去りゆく馬車を溜息と共に見送った。

　やっとのことで帰宅を果たすと、レントンと侍女達が玄関先に並んで出迎えてくれた。

今日は疲れたので、風呂は明日の朝入ろうとぼんやり考えていれば、レントンから声がかかる。

「若様が書斎《しょさい》にてお待ちです」

「……はあ？」

シルヴェスターは事件の詳細《しょうさい》を聞きたいと、寝《ね》ずに待っていたらしい。大人しく眠《ねむ》っていればいいものを。待ち構えていたことに対して不満を感じる。

こちらは事件に巻き込まれただけなのに、まるで悪いことをしたみたいではないかと、臍《ほぞ》を噛む。

「お説教をするおつもりで？」

「若様は、心配なさって――」

レントンの言葉を聞いたエリザベスは、冷ややかに言う。

「心配しているのは、わたくしではなく、公爵家の名誉《めいよ》ですわ」

レントンは首を横に振る。

「いいえ、そんなことは……」

「わたくしなんて、あのお方にとっては、使い捨ての駒《こま》でしょうから」

ついつい、レントンに八《や》つ当《あ》たりをするような言葉をぶつけてしまう。それだけ、今日の事件は衝撃《しょうげき》だったのだ。

「いいえ、いいえ、決して駒などと思ってはいないはずです。若様は、エリザベス様がいらっしゃってから、昔のように笑うようになりまして。私共使用人は、本当によかったと……」

「それは——からかって、笑っているだけかと」

エリザベスはそう言い切ってから、書斎へと向かう。

扉は叩かずに、そのまま無断で入っていった。

「お帰り。エリザベス」

「ただいま帰りました、お兄様」

角灯《ランタン》が一つ点《とも》されただけの薄暗《うすぐら》い部屋。執務机についたシルヴェスターはにこりと微笑む。不躾《ぶしつけ》に入ってきたエリザベスを咎めもせずに、長椅子を勧《すす》めた。

薄暗い部屋を、月明かりが仄《ほの》かに照らす。テーブルには白ワインが置いてあった。目の前に座ったシルヴェスターは未開封《みかいふう》のボトルを手に取り、飲むかと聞いてきたが、エリザベスは首を横に振る。

「今日は、ユーインと出かけていたようだね。急な予定で聞いていなかったから、驚いた」

「諸事情がございまして」

「カール・ブレイク卿？」

「ええ、まあ……」

公爵家にも知らせは届いていたようだ。けれど、詳《くわ》しいことを聞きたいと、重ねて質問を受ける。シルヴェスターにじわじわと尋問《じんもん》されているようで、エリザベスは居心地《いごこち》悪《わる》くなっていた。

手にしていた扇《おうぎ》を広げて口元を隠しつつ、恨《うら》みがましい気持ちを込めてジロリと睨みつける。

「まさか、伯爵がリズと無理心中を図《はか》ろうとしていたなんて……」

ユーインが助けてくれなかったら、今頃、命がなかったかもしれない。そんなことを考えれば、背筋がゾッとする。

胸を締《し》めつける感情を押し隠すため、唇《くちびる》を噛みしめた。

振り返った時に見たナイフは、今も鮮《あざ》やかに記憶《きおく》の中に残っていた。その時感じた恐怖《きょうふ》は言葉にできない。

気分を入れ替えようと、扇を手のひらに叩きつけて折りたたんだが、それだけで落ち着くことはできなかった。

「妹のせいで、危険な目に遭わせてしまった。申し訳ないと思っているよ」

「本当に」

エリザベスは頭を下げるシルヴェスターから視線を逸《そ》らす。

ふと、窓の外にあった三日月が目に留《と》まった。青白く輝《かがや》く欠けた月は、あのナイフを彷《ほう》彿《ふつ》とさせる。再び恐怖を思い出すことになり、ぎゅっと目を閉じた。けれど、慄《おのの》くのは一瞬《いっしゅん》の間。

次に瞼を開いた瞬間には、いつものエリザベスに戻っていた。挑《いど》むようにシルヴェスターへとたたみかける。

「それで、責任は取っていただけるのかしら？」

主《おも》にお金で。

口には出さずに目を細めて、わかっているだろうという意味合いの視線を送る。

シルヴェスターは一瞬きょとんとした表情を見せた。今まで見たことのない、間の抜《ぬ》けた顔である。つられて、エリザベスも目を丸くしてしまった。

シルヴェスターはしばし、考えるような素振《そぶ》りを見せる。小声で、「やはり妹とは違う」と呟いたが、早口でエリザベスには聞き取れなかった。

「それで、お答えは？」

「嬉《うれ》しいんだけど、ちょっとだけ考えさせてくれ。しかし、そこまで私を熱烈《ねつれつ》に想《おも》ってくれていたなんて……」

「は？」

シルヴェスターに真剣《しんけん》な眼差《まなざ》しを向けられて、エリザベスは眉《まゆ》を顰《ひそ》める。

「どういうことですの？」

「責任を取るって、つまり、結婚してほしいということだろう？」

「なんですって⁉」

シルヴェスターは、とんでもない勘違《かんちが》いをしていた。まさか、結婚して責任を取るという意味に取られていたとは。エリザベスは慌てて否定する。

「そ、そういう意味ではございません！」

「え？」

「心付けをもって、誠意を示してほしいという意味です」

エリザベスは真っ赤になりながら、まくしたてる。

一方のシルヴェスターは真顔で、瞼をパチパチと瞬《まばた》かせていた。

お金を払って責任を取れと言われるなど、まったくの想定外だったようだ。

気まずい雰囲気《ふんいき》になる二人。

シルヴェスターはゴホン！　と一度大きく咳払《せきばら》いをして、話を逸らした。

「……まったく、リズは問題をそのままにして家出したようだね。困った娘だ」

「……ええ、保護者の顔が見てみたいですわ」

嫌味《いやみ》たっぷりな口調で言ったのに、シルヴェスターは気にする素振りを見せない。反応のなさに、エリザベスはムッとした。

「リズの交遊関係については、こちらで始末をしよう。君やユーインには、二度と近づけさせない」

エリザベスはしっかりと励《はげ》むようにと、尊大な態度で返してやった。

そんなエリザベスを見て、シルヴェスターは初めて柔《やわ》らかな微笑みを浮かべた。

「かしこまりました、お姫様」

以上で、深夜の尋問は終了《しゅうりょう》となった。


翌朝。入浴したかったので、エリザベスは早めに起床《きしょう》する。紅茶よりも、風呂の湯を準備するよう侍女に命じた。

熱過ぎるくらいの湯船に浸《つ》かり、はあと息を吐《は》く。波乱しか起きない公爵令嬢生活に、早くも嫌気《いやけ》がさしていた。けれど、実家の復興のため、今は頑張《がんば》らなければならない。半年の我慢《がまん》だと、自らに言い聞かせた。

風呂から上がれば、侍女がやってきて髪を乾《かわ》かし、丁寧に櫛《くし》を入れてくれる。身支度が整うのを待つ間、紅茶が運ばれてきた。

ふわりと甘い香《かお》りを漂《ただよ》わせているのは、アッサムにキャラメルの風味をつけたフレーバーティー。甘ったるいキャラメルの香りに、まろやかな風味。ミルクと砂糖をたっぷり入れて飲むと、ホッとするような、優しい味わいであった。

そのあと、完璧《かんぺき》なまでに着飾って食堂へと移動した。

今日はシルヴェスターが先にいて、新聞の記事を読んでいた。エリザベスが来たことに気付くと、新聞紙を折りたたみながら挨拶《あいさつ》をする。

「おはよう、エリザベス」

「おはようございます」

レントンが引いてくれた椅子にエリザベスは腰を下ろし、シルヴェスターへと話しかける。

「何か、面白《おもしろ》い記事はございまして？」

白々《しらじら》しい質問に対し、「昨日も都は平和だったよ」と軽い口調で答える。

「暴力事件も何も起きない平和な王都。素晴《すば》らしいことですわ」

「そうだね」

会話はこれで終了──ではなかった。エリザベスは追及《ついきゅう》を始める。

「で、記者にどれだけ金貨を握らせましたの？」

シルヴェスターはエリザベスの物言いを聞いてふっと笑う。

やはり、金と引き換《ひか》えに事件の報道が出回らないようにしたのだ。

「エリザベス、君のことは、しっかり守りたいと考えていてね」

「ええ、安全な生活くらいは、保障《ほしょう》してほしいものですわ」

「もちろん、と言いたいところだけれど、仕事が忙しくて、なかなか難しい話でもあって……」

「別に、守るのはあなたご自身でなくても結構ですのよ？」

「いや、君のことは私の責任であり、できれば管理下に置きたいと考えている」

「どういうことですの？」

シルヴェスターはそこで、エリザベスに驚きの提案をしてきた。

「エリザベス、君も殿下《でんか》の召使《めしつか》いとしてお仕えしてみないかい？」

「なんですって？」

シルヴェスターは宰相《さいしょう》補佐《ほさ》をしている第二王子、コンラッドの側近として働いている。

「仕事といっても、休憩《きゅうけい》時間にお茶を淹《い》れるくらいで、大変な仕事ではない。手が空《あ》いた時間は、好きに過ごして構わないから」

一緒の職場にいれば、危険な目に遭うこともない。王族が執務をする宮殿《きゅうでん》は、特別警備が厚いのだ。

「なんだったら、王宮図書室も好きに利用していい」

「王宮、図書室？」

「レントンから聞いているよ。君は、大変な読書家のようだね」

歴代の王族が世界中から集め、翻訳《ほんやく》した本が多く並ぶ王宮図書室には、王立図書館にもない希覯本《きこうぼん》が揃《そろ》っているという。

「あ、そうそう。君の曾祖叔母《そうそしゅくぼ》、マリアンナだったか。彼女もかつて、同じ場所で働いていたそうだ」

エリザベスが憧れてやまないマリアンナは、なんとシルヴェスターと同じ職場で文官として働いていたらしい。

文官と召使い。職種は違えど、マリアンナのいた場所で働けるということは、エリザベスにとって魅力的《みりょくてき》な話であった。

「ユーインとは職場も遠いし、会うのはなかなか難しいかもしれないけれど」

それはむしろ好都合だと思う。口うるさい婚約者とは、あまり関わりたくないと思っていた。

「どうかな？」

シルヴェスターの誘いに対し、エリザベスは素直《すなお》にコクリと頷く。

「よかった。さっそく今日、コンラッド殿下に聞いておくよ。多分、問題ないと思う」

エリザベスはこの家に来て初めて「よろしくお願いします」と言って、丁寧に頭を下げたのだった。

朝食後、エリザベスは机につき、ユーインへ礼状を書《か》き綴《つづ》る。

昨晩の出来事は思い出すだけでも悍《おぞ》ましかったが、あまりの恐怖に、命を助けてもらった礼を言っていなかったのである。

手紙に封《ふう》をしたところで、これだけでは足りないと思い、自分なりに最大級の礼を示すため、厨房《ちゅうぼう》に向かった。

思いついたのは、クッキー作りである。家族の誕生日に焼く特別な、祖母直伝《そぼじきでん》の菓子《かし》。作るのは数年ぶりなので、大丈夫《だいじょうぶ》かと心配したが、分量や作り方などはしっかり覚えていた。

材料は小麦粉、卵、砂糖、蜂蜜《はちみつ》、バター、板チョコ、ナッツ。

調理に集中したいので、台所女中《キッチンメイド》を厨房から追い出す。

分量はきっちりと量り、順序良く材料を混ぜ合わせる。最後に砕《くだ》いたチョコレートを混ぜ、油を塗《ぬ》った鉄板に匙《さじ》で掬った生地を並べた。均等に火が通るように、生地は中心を押して平らにする。あとは焼くだけ。

竈《かまど》の前で腕を組み、クッキーが焼けるのを待つ。油断は一瞬たりとも許されない。

勝手知ったる実家の竈ではないので、何度も焼け具合を確認した。

予想通り、公爵家の竈は熱効率《ねつこうりつ》が良く、いつもの半分以下の時間で焼き上がる。あつあつのクッキーを一枚手に取り、味見をしてみた。外はしっかりと歯ごたえがあり、中は柔らか。砕いて入れたチョコレートはとろりとしていて、濃厚《のうこう》で上品な甘さが口の中に広がる。材料がいいので、いつもよりさらに美味《おい》しく感じた。

粗熱《あらねつ》が取れたそれを、箱に詰《つ》め込《こ》む。

侍女に包装《ほうそう》を頼み、手紙を添《そ》えてユーインに届けるようレントンに命じた。

これで、借りはなくなった。

エリザベスはすがすがしい気分で、陽の光が僅《わず》かに当たる場所にある揺り椅子《ロッキングチェア》に腰かけ、本を読み始める。

郵便屋は休みの日なので、大量の手紙が届くこともない。昼からは邪魔《じゃま》が入ることなく、優雅な読書の時間を堪能した。

暖かな陽を浴び、ゆらゆらと揺れているうちに、エリザベスはいつの間にか本を胸に抱いたまま眠っていたようだ。

目覚めれば、外は真っ暗。部屋の中も闇《やみ》に包まれている。

疲れが溜まっていたからか、随分と長く眠っていたようだ。ぐっと背伸びをしつつ、手元にあった鐘《かね》を鳴らし侍女を呼ぶ。

夕食を食べ、風呂に入り、夜も本を読んで過ごす。ここに来て初めて、静かな一日を過ごし、ホッとしながら眠りに就《つ》くエリザベスであった。

そして翌朝、いつものようにシルヴェスターと食事を取る。常に笑みを絶やさない公爵子息《しそく》は、微塵《みじん》も隙《すき》を見せなかった。今日も、にこにこと愛想《あいそ》良く話しかけてくる。

「あ、そうそう。昨日話したコンラッド殿下の侍女の件だけど、許可が出たよ。来週辺りから働けるだろうか？」

「ええ、わたくしはいつでも」

「それはよかった――ただ、意外な人事異動《じんじいどう》があってね」

シルヴェスターは、そこでエリザベスの想像していなかったことを述《の》べる。

「実は、ユーインが王太子《おうたいし》の補佐職に配属されることになったんだ」

「あら、そうですの……」

仕事部屋は隣り合っているので、会うこともあるかもしれないという。

同じ職場に雇い主《シルヴェスター》と婚約者《ユーイン》。

なんとも疲れそうな職場だ。けれど、自分の仕事は茶汲《ちゃく》みをするだけなら、頻繁に顔を合わせることもないだろうと考える。

「何か必要な物があれば、遠慮せずに言ってくれたら用意するから」

「でしたら、お仕着《しき》せを三着、お願いします」

「お仕着せって、女中が着るような物だろう。侍女をするのに相応しい服装ではないと思うけれど？」

「目立ちたくありませんの」

使用人には相応《ふさわ》しい装いがあり、女中はモブキャップに濃紺《のうこん》のワンピース、白いエプロンをかけるが、侍女は動きやすいドレスを身につけるのだ。二つの職種はまったく異なるもので、女中《じょちゅう》は屋敷《やしき》に仕え、侍女は個人に仕えるものと決まっていた。

「王族にお仕えするなんて、やっかみを買いそうで」

「それは否定できないね」

「そもそも、侍女は女主人にお仕えする仕事ですので」

「ああ、そうだった」

女主人に仕えるのが侍女、男主人に使えるのは近侍《きんじ》と決まっている。エリザベスはてっきり、王宮では女中として働くものだと思い込んでいたのだ。

「確かに、王子専属の侍女なんて前代未聞《ぜんだいみもん》だ。変な注目も集めかねない、か」

シルヴェスターは「わかった」と言って、エリザベスの望みを承諾《しょうだく》し、お仕着せを数着用意することを約束した。

第四章 仕事一日目

本日より、王宮勤めが始まる。

公爵令嬢《れいじょう》生活が始まってからいろいろあったけれど、最近は実に平和な日々だった。王宮での仕事も、何事もなく過ぎればいいと思う。実家の兄からも手紙が来て、公爵家《こうしゃくけ》からの支援金《しえんきん》で復興《ふっこう》に向けた工事にとりかかれそうだと書かれていた。身代わりのことは実家にも知らされていない。

早朝、侍女《じじょ》の手を借りず、身支度《みじたく》をする。用意されたのは、一見女中《じょちゅう》が着るようなお仕着《しき》せだが、それでも生地《きじ》は一級品を使って作られている。公爵令嬢に相応《ふさわ》しい特別な一着が用意されたのだ。

薄《うす》く化粧《けしょう》を施《ほどこ》し、髪型《かみがた》は左右を三つ編みにして、後頭部で纏《まと》める。パリッとアイロンのかかったワンピースに袖《そで》を通し、フリルのついたエプロンをかけた。後ろにリボンがついたモブキャップを被《かぶ》り、鏡の前で確認すると、どこにでもいるような女中に見える。

これなら目立たないだろうと、満足げに頷《うなず》いた。

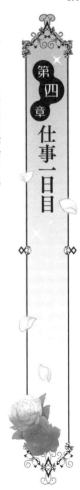

お仕着せ姿で食堂に行くのもどうかと思い、朝食は私室で軽く食べる。

ついでに、小さな籠《かご》に昼食も準備してもらった。

あっという間に出勤時間となり、玄関《げんかん》へと向かう。

エントランスへ繋《つな》がる階段を下りると、見送りの使用人がずらりと一列に出迎えてくれた。すでにシルヴェスターも来ている。

「ではエリザベス、行こうか」

「ええ」

まさか並んで出勤する日がくるとは思わず、エリザベスは不思議な気持ちでいた。玄関先に停まっていた馬車に乗り込み、職場へと向かう。

エリザベスはシルヴェスターの斜《なな》め前に座った。目が合わないように顔を逸《そ》らしていたのに、話しかけられる。

「その、膝《ひざ》の籠はなんだい？」

「わたくしの昼食ですけれど」

城で働く者は専用の食堂があるが、エリザベスは他人と同席したくなかったので、どこか静かな場所で食べようと思っていた。

「君は随分《ずいぶん》と小食なんだね」

「他人の食事量など、存じませんけれど」

「そう？　リズなんか、君の倍以上食べるよ」

公爵令嬢のエリザベスが健啖家《けんたんか》であることは知っていたが、興味がないことだったので適当に返事をして、再度視線を窓に移す。

揺《ゆ》られること数十分。王都で一番立派な建物の前で馬車が停まった。

ここは国王の公邸《こうてい》であり、執務《しつむ》する宮殿《きゅうでん》。

広大な敷地《しきち》の中に舞踏《ぶとう》会場、博物館、美術館、音楽堂、礼拝堂、謁見《えっけん》の間《ま》、図書室があり、事務部屋は百近くある。

他にも王族の生活拠点《きょてん》となる離宮《りきゅう》がいくつもあり、勤務する人間はゆうに五百を超《こ》えると言われていた。宮殿の頂《いただき》には、王家の紋章《もんしょう》が入った旗がはためいている。

エリザベスは馬車の中から宮殿を見上げ、ここで働けるのだと珍《めずら》しく緊張《きんちょう》していた。

衛兵の確認を受け、馬車ごと敷地内へと入る。馬車を降りて宮殿に入ると広く長い廊下《ろうか》を進み、歩き疲れた頃、ようやく執務室に到着《とうちゃく》した。

部屋は机が二つあるだけで、思ったより殺風景《さっぷうけい》だった。花台の上にある花瓶《かびん》にも、花は生けられておらず、なんとももの寂《さび》しい。

「すまないが君を殿下《でんか》に紹介《しょうかい》しないといけない。ここに来てくれることになっているから、しばし待機《たいき》していてくれ」

「はい、わかりました」

指示を出したシルヴェスターは席に座り、黙々《もくもく》と仕事を始める。

エリザベスは壁際《かべぎわ》に立ち、窓の外の景色を眺《なが》めつつ、時間を潰《つぶ》した。

数分後、扉《とびら》が叩《たた》かれる。入ってきたのは——。

「おや、ユーインじゃないか」

「おはようございます」

王太子付《おうたいしづ》きになったユーインが、書類にサインを求めてやってきたのだ。

「ごきげんよう、ユーイン・エインスワーズ」

ユーインは部屋の隅《すみ》にいた女中に呼び捨てられ、ぎょっとする。

よくよく確認をし、その女中がエリザベスだとわかると、さらに瞠目《どうもく》することになった。

「なぜ、あなたがここに？」

「毎日激務《げきむ》でお疲れになっている、お兄様の応援《おうえん》ができればと思いまして」

「応援……？」

「健気《けなげ》で可愛《かわい》い妹だろう？」

「え？　ええ、まあ……」

状況《じょうきょう》が上手《うま》く呑《の》み込《こ》めないのか、呆然《ぼうぜん》としているユーイン。

だが、すぐに我に返って、エリザベスに話しかける。

「そういえば、先日はお手紙とお菓子《かし》をありがとうございました。昼食も取っていない時に届けられたので、助かりました」

「無事に届いていたようで、何よりですわ」

あのクッキーは手作りかと聞かれて頷く。

「意外ですね、料理ができるなんて」

「作れるのは、あのクッキーだけですの。他はまったく」

そんな会話をしているうちに、内容確認とサインを終えた書類をシルヴェスターに手渡され、ユーインは部屋から出て行った。

シンと静まり返った部屋で、シルヴェスターはエリザベスに問いかける。

「手作りのクッキー、とは？」

「この前、暴漢《ぼうかん》――ブレイク伯爵《はくしゃく》から助けていただいた時のお礼に送りました」

「へえ」

シルヴェスターは訝《いぶか》しむように、半眼《はんがん》でエリザベスを見る。加えて、手作りの品を贈るとは、らしくないと言われる。

「命を救っていただいたものですから、わたくしにできる最大級の礼をと思いまして」

「ふうん、最大級の、ねえ」

なぜか棘《とげ》がある。理由は不明。それとなく居心地《いごこち》の悪さを感じたので、エリザベスは第二王子に早く来てくれと心の中で急《せ》かす。

シルヴェスターの視線を躱《かわ》すこと数分。やっとのことで第二王子コンラッドが執務室へとやってきた。

「おや～、君が噂《うわさ》のエリザベス嬢《じょう》か」

「お初にお目にかかります」

「よろしくね」

年頃は四十歳代半ば。白髪《しらが》交《ま》じりの茶髪《ちゃぱつ》、垂れた細い目に眼鏡《めがね》。頬《ほお》はこけており、細身で、頼《たよ》りない外見をしている。喋りも、威厳《いげん》がなく緩《ゆる》かった。

「いや～助かるよ～。もうね、何年も召使《めしつか》いをね、シルヴェスター君が次々と解雇《かいこ》してしまうんだ」

「コンラッド殿下、無駄《むだ》なお喋《しゃべ》りをしている暇《ひま》はありませんよ」

「そうだった！」

側近《そっきん》に促《うなが》され、へらへらしつつ自らの席についたコンラッドは、机に築かれた山を見て、大変だねと他人事《ひとごと》のように笑ったかと思うと、急に真面目《まじめ》な顔つきになり、ペンを手に取ってバリバリと働きだす。

エリザベスは深くお辞儀《じぎ》をして、部屋を出た。

任された仕事は紅茶を淹《い》れることのみ。十一時、十四時、十六時の三回。

空《あ》いた時間は執務室の隣《となり》の部屋で好きに過ごしていいと言われていた。図書室に行くことも許可されている。ただ、人手が必要になれば呼びつけることもあるので、なるべく部屋にいるようにと命《めい》じられた。

とりあえず今日は初日なので、十一時のイレブンジズの時間までは、大人しく部屋で過ごそうと思っていたのだが――。

「あ、あなた、エリザベス・オブライエンじゃない!? そんな恰好《かっこう》でなぜ宮殿に……今度は誰をたぶらかすつもり？」

声をかけてきたのは、背後に数名の女中を引き連れている、ドレス姿の若い女性。部屋から一歩出ただけなのに知り合いに出会《でくわ》してしまうとは。自らの運の悪さを呪《のろ》うエリザベスは、はあと、盛大《せいだい》な溜息《ためいき》を吐《つ》いた。

「人の目の前で溜息を吐くなんて、失礼にもほどがあるわ！」

そこまで言われたら、開き直るしかない。

「挨拶《あいさつ》もせず、いきなり怒鳴《どな》りつけるほうが失礼ではありませんこと？ 教養のない家にお生まれになって、お気の毒ですわね」

「なんですって！」

高慢そうな顔が真っ赤に染まる。

「オーレリアお嬢様！」

「ブラッドロー家を侮辱《ぶじょく》するなんて！」

女中たちが耐えきれず怒りだす。

エリザベスは微笑《ほほえ》みながら、スカートの裾《すそ》を摘《つ》まみ優雅《ゆうが》に挨拶をした。

「ごきげんよう。いかにも、わたくしはオブライエン公爵家子女、エリザベスですわ」

先制攻撃《こうげき》のような自己紹介を目の当たりにして、女性は悔《くや》しそうに顔を歪《ゆが》める。止《とど》めとばかりに極上《ごくじょう》の作り笑いを浮《う》かべれば、悪い方向へ刺激《しげき》することになってしまった。

「ちょっと、こちらにいらっしゃい!!」

ぐっと手首を摑《つか》まれ、ぐいぐいと引っ張られる。

叫《さけ》べばシルヴェスターを呼ぶこともできたが、借りを作るのは癪《しゃく》だと思っている間に、腕力《わんりょく》のないエリザベスは容易《たやす》く連行されることになってしまった。

辿《たど》り着《つ》いたのは、宮殿の一角にある部屋。広さはそれほどないが、調度品など贅《ぜい》が尽《つ》くされた品々が置かれている。

長椅子《ながいす》に座るように言われ、仕方なく腰を下ろした。

女中達は外で待機しているらしく、部屋には二人きりだ。怒《いか》りの形相《ぎょうそう》でエリザベスの前に座った女性は、同じくらいの年齢《ねんれい》に見える。モカブラウンの髪は一本の三つ編みにして、サイドから上品に垂らしていた。灰色の目は切れ長で、ぽってりとした唇《くちびる》が魅力的《みりょくてき》な美人である。

エリザベスはにこやかに質問をした。

「それで、あなたはどなたですの？」

「オーレリア・ブラットローよ」

「ああ、なるほど」

　ブラッドロー家の名前から、一方的に喧嘩《けんか》を売られた理由に見当がつく。公爵令嬢エリザベス・オブライエンの交遊関係の中に、伯爵子息《しそく》クリス・ブラットローの名があったことを思い出したのだ。おそらく彼女はクリスの親族なのだろう。

「それで、何か？」

「何か、じゃないわ。あなたのせいで、兄は婚約者を失ってしまったのよ！」

「あらまあ、それは大変」

　エリザベスとの浮名《うきな》が流れたことにより、婚約を解消されてしまったようだ。

「クリス様は、お元気かしら？」

「あ、あなたは――！」

　文句《もんく》を言われてもまったく動じず、余裕《よゆう》たっぷりな様子を見せていたので、エリザベスはさらなる反感を買ってしまう。

「あなたみたいなふしだらな女性を、見たことがないわ！　最低！」

　目を真っ赤にしながら罵倒《ばとう》するオーレリアに、生暖かい視線を向けるエリザベス。生粋《きっすい》のお嬢様なので、悪口の言い方も知らないのだろうなと、微笑ましく思った。

寄宿学校《きしゆく》に通っていた時は、もっと酷《ひど》い憎《にく》まれ口《ぐち》を浴びていた。それに比べたらなんてことないと思ってしまうのである。

言いたいことを言い切ったからか、オーレリアはしばらく何を言うでもなくエリザベスを睨《にら》みつけていたが、ふと気付いたように話しかけてくる。

「その恰好はなんなの？　何を企《たくら》んでいるの？」

オーレリアの質問を受けて、ピンと名案が閃《ひらめ》く。

エリザベスは余裕のある笑顔を曇《くも》らせ、顔を伏《ふ》せて語り始めた。

「実は、お兄様のおしおきで、このような姿に……」

「ま、まあ、そうなの⁉」

エリザベスはシルヴェスターについて、ありもしないことを述べていく。

「今回のことでたくさん叱《しか》られましたの。酷い時は乗馬用の鞭《むち》で打たれて……」

「鞭打ちされるようなことをしたからでしょう」

「でも、背中に痕《あと》が残るほど打つなんて……」

「そ、それは、やり過ぎかもしれないわね。腐《くさ》ってもあなたは嫁入り前の娘だし。それに、公爵令嬢に下働きを命じるなんてちょっと酷いわ」

想定以上に同情されたので、エリザベスの演技にも力が入る。顔を両手で覆《おお》い、震《ふる》える声で「いいえ、お兄様は悪くありませんわ。すべて、わたくしが悪い子だから……」と弱々しく話してみせる。

「や、やっぱり、シルヴェスター様って、噂通りのお方なのね」

「お兄様の噂って？」

「シルヴェスター様は冷酷非情《れいこくひじょう》で、すぐに召使いを解雇することで有名なの」

それは朝、コンラッド殿下も言っていたなと思い出す。いったいなぜ——？

オーレリアはその答えを教えてくれた。

「一度の失敗もお許しにならないのですってね」

「まあ、そうですの」

やはり、シルヴェスターは公私《こうし》共に油断ならない男のようだ。身代わり生活も、一度失敗をすれば解雇されてしまうのだろうか。家の復興のため、公爵家からの支援は絶対に必要なのだ。改めて気をつけなくては、と思うエリザベスであった。

「あなたのお兄様もお気の毒ね」

「何がですの？」

「妹の婚約者に先に出世されてしまうなんて、屈辱《くつじょく》だと思うわ」

ユーインは先日、王太子付きの補佐《ほさ》となった。王太子はいずれ国王になる。そうなれば、ユーインは遠くない将来に重臣《じゅうしん》として扱《あつか》われることは明白だ。一方で、シルヴェスターは第二王子の側近のままである。

「第二王子のところは、文官の墓場と言われているそうよ」

他の部署でさばききれない仕事が雪崩《なだれ》のように流れてくることから、そう呼ばれているらしい。その原因は、のんびりとした第二王子コンラッドが、考えもせずに次々と仕事を引き受けるからだとか。

「そういえば、次期公爵に誰《だれ》がなるのか噂が流れているけれど、実際にはどうなの？」

おかしなことを聞く。

次期公爵はシルヴェスターに決まっている。エリザベスは思わず首を傾《かし》げた。

「まあ、言えないわよね。ごめんなさい」

シルヴェスターに酷いおしおきを受けていると知ってから、オーレリアはすっかり態度が軟化《なんか》していた。しれっとクリスとの件を許してくれるのかと聞けば――。

「婚約破棄《はき》されたのは、兄にも非があることだし」

エリザベスの誘惑《ゆうわく》を振り切れなかった兄も悪いと、オーレリアは話す。

「でも、二度と兄に近づかないで」

「それはもちろん。お約束いたしますわ」

「もう、お兄様から鞭打ちされたくありませんから」と目を潤《うる》ませながら決心を語る。

我ながらクサい演技だと思っていたが、貴族のご令嬢相手には効果てきめんのようだ。

「エリザベス様も、兄妹《きょうだい》、仲良くしてね」

「ええ、きっと、昔のように、仲良くなれたら――」

ハンカチを取り出して、流れてもいない涙《なみだ》をそっと拭《ぬぐ》った。

深く同情したオーレリアは、エリザベスのいるほうに回り込み、背中をさすってくれる。

このようにして、伯爵令嬢オーレリア・ブラットローは懐柔《かいじゅう》することができた。心の中で安堵《あんど》するエリザベスである。

さらにオーレリアは「おしおきをされないように、これからは真面目に生きるのよ」と励《はげ》ましの言葉までかけてくれた。

オーレリアは強気で礼儀《れいぎ》知らずだと思っていたが、情に脆《もろ》く、お人好《ひとよ》しなご令嬢だったと印象を改める。

そろそろ紅茶の準備をしなくてはいけない。オーレリアとはそこで別れた。

まずは厨房《ちゆうぼう》に、湯と茶菓子をもらいに行く。

十一時のイレブンジズを前に、厨房は侍女や女中達でごった返していた。

細長いテーブルには、たくさんの茶菓子が用意されている。

定番のスコーンにビスケット、苺《いちご》ジャムとクリームが挟《はさ》まったケーキ、エッグタルト、サンドイッチ、バターキャンディに、キャロットケーキなどなど。ベテランの侍女が、年若い女中に指導している。

「時間に合わせて、お菓子選びにも、センスが問われます！」

昼食前のイレブンジズの茶菓子に重たいものを選んではいけないなど、どれも基本的な注意事項である。

別の場所では侍女同士がぶつかり、喧嘩になっていた。

他にも、湯を待つ列に横入りがあっただの、菓子を横取りされただの、王宮の優雅な貴《き》人《じん》達の元で働いているとは思えない賑《にぎ》やかな場所となっている。

エリザベスは深い息を吐《は》きながら、まずは菓子の確保《かくほ》へと向かった。

イレブンジズにはジャムやハニーバターなどを挟んだサンドイッチが選ばれる場合が多い。けれど、菓子を置いているテーブルの上のサンドイッチはすべてなくなっていた。

仕方がないので、近くにあった長方形のキャロットケーキを引き寄せる。

作業台にケーキを持って行き、ナイフを取り出すと、一口大となる正方形に切り分けた。

お皿に四つ盛りつけ、生クリームを絞《しぼ》った上にミントの葉を添《そ》える。

「わ、その盛りつけ、とっても可愛いですね！」

いつの間に近づいたのか、背中から覗《のぞ》き込《こ》まれていた。

黒髪を三つ編みのおさげに編んで垂らし、鼻回りにそばかすが散った活発そうな印象の、小柄《こがら》な少女である。

「私、サンドイッチの争奪戦《そうだつせん》に負けてしまって……怒《おこ》られるって思っていたのですが」

キャロットケーキを小さく切り分けるなんて思いつかなかった、とエリザベスの用意した菓子を見ながら感心している。

「あの、私も真似して持って行ってもいいですか？」

「ええ、ご自由に」

「ありがとうございます！　助かります！」

少女はチェルシーだと名乗り、エリザベスも名前だけ言って厨房を離れた。

ティーワゴンに蒸《む》らした紅茶と菓子を載《の》せ、十一時ぴったりにコンラッド王子の執務室の扉を叩く。すると、「はあ～い」と間《ま》の抜《ぬ》けた返事が聞こえてきた。

茶の時間だと告げれば、子どものような無邪気《むじゃき》な笑顔を浮かべるコンラッド王子。

一方で、シルヴェスターは書類に視線を落としたまま、一瞥《いちべつ》すらしない。

立ち上がった王子は、ティーワゴンの菓子を覗き込んで大喜びしている。

「わあい、今日のお菓子はキャロットケーキだ！　僕、大好物なんだよね～」

エリザベスはどういう反応をしていいのかわからず、苦笑《くしょう》しつつティーカップに紅茶を注《そそ》いでいく。

茶と菓子が準備できたのはよかったが、執務机の上は書類でいっぱい。どこにも置く場所がなかった。

「殿下、お茶は、どちらに……？」

「う～ん、そうだ、エリザベスさんが食べさせてくれる？」

何を馬鹿《ばか》なことを。

しかし、相手は王族。いつものように切って捨てるわけにもいかない。

返答に困っていると、コンラッド王子は左手で紅茶のカップをソーサーごと持ち上げ、右手にキャロットケーキの皿を持ち、隣の部屋で食べると告げた。エリザベスは急いで先回りし、扉を開く。

「ありがとう、エリザベスさん」

「いえ……」

コンラッド王子は上機嫌《じょうきげん》に鼻歌を歌いながら、休憩《きゅうけい》に向かった。

取り残されたシルヴェスターは集中しているのか、依然《いぜん》として書類から目を離そうとしない。

このまま茶を下げるわけにもいかないので、一応、声をかける。

「お茶とお菓子は、どうなさいますか？」

無視されると思いきや、意外にも返事がくる。

「エリザベスが、食べさせてくれるのかい？」

「あつあつの紅茶ならば、お口に流し込んでさしあげますが」

それを聞いたシルヴェスターは、笑い出す。

「お菓子を食べさせてもらいたかったんだけどね」

「そちらは、業務内容に含《ふく》まれておりませんので」

「残念」

机の上の書類は手早く集められ、なんとか茶と菓子を置くスペースができた。エリザベスはティーカップに砂糖一杯とミルクを入れ、シルヴェスターの前に置く。

紅茶の好みは、事前にレントンから聞いていたのだ。

ティーカップの載ったソーサーを受け取ったシルヴェスターは、カップを手に取って紅茶の香《かお》りを楽しんだあとで、一口飲む。

「エリザベスは、紅茶を淹れるのが上手なんだね」

「手順を覚えれば、誰だってそれなりに淹れられるとは思いますが」

「まあ、そうだね」

謙虚《けんきょ》というにはキツい言葉を返していたが、紅茶の淹れ方は叔母《おば》セリーヌの侍女をしていた時に、徹底的《てっていてき》に鍛《きた》えられていた。最初の一年はまともに飲んでももらえず、悔しい思いをしたのも一度や二度ではない。

何十杯、何百杯と紅茶を淹れ続けて得た、極意《ごくい》であった。

けれど、それをひけらかすことはしない。

努力は人に語るものではないというのが、エリザベスの考えだ。

イレブンジズの時間は短く、十五分ほど。

シルヴェスターは優雅に紅茶を飲み、キャロットケーキを食べていたが、五分くらいで切り上げて作業を再開していた。

コンラッド王子は、きっちり十五分で戻ってくる。エリザベスは茶器を回収し、部屋を出る。まずは一回目の仕事を無事に終えることができて、ホッとひと息吐いていた。

しかし、考えていたより一日の仕事は多く、図書室に行く暇はない。

コンラッド王子に呼び出され、書類を別の部署へ運ぶことに加え、誤字脱字《ごじだつじ》探しなどを頼《たの》まれ、息つく間もなかったのだ。

やっとのことで頼まれた仕事を終えると夕方の五時となり、家に帰るよう言われた。

「では、お先に失礼を」

「エリザベスさん、ありがとうねぇ～すごく助かった！」

「お役に立てて、幸いでした」

コンラッド王子はぶんぶんと手を振ってエリザベスを見送る。

シルヴェスターは書類から視線を逸らさないまま、話しかけてきた。

「エリザベス、疲れたかい？」

「それほどでも」

強がりを言ってみせたが、慣れない職場での仕事は疲れる。あまり体力がないエリザベスは、くたくただった。けれど、シルヴェスターに弱みを見せるわけにはいかないので、強がりな返事をする。

そんなエリザベスの内心に気付いているのか、いないのか。シルヴェスターは淡《あわ》い笑みを浮かべながら言った。

「気をつけて帰るのだよ」

「はい、お兄様」

深く一礼し、執務室を出た。廊下を歩きながら、エリザベスは一日の労働の達成感に酔《よ》いしれる。

人手不足だからか、思いがけず文官見習いのような仕事を任され、嬉《うれ》しかったのだ。疲れたけれど、充実《じゅうじつ》した一日だった。

そんなことを考えていた時。珍しく浮かれていたからか、近づいてくる人物に気付かずに突然《とつぜん》腕《うで》を取られてしまう。

「──ねえ、彼女、美人さんだね。良かったら、俺とデートに行かない」

「は？」

エリザベスに声をかけてきたのは、赤い軍服に身を包む青年。

宮殿の門を守る、衛兵《えいへい》だった。

「いい店を知っているんだ」

「なんですの、突然。お放しになって」

「いいじゃん、ちょっとくらい付き合ってくれても」

力いっぱい腕を引くが、相手はびくともしない。エリザベスは焦《あせ》る。

このままでは、オーレリアに連れて行かれたように、どこかに引き込まれてしまうのではあるまいか。

「わたくしを、誰だと思っていますの？」

「え、誰だろ、わっかんない。名前、教えて？」

性悪公爵令嬢エリザベス・オブライエンを、青年は知らないようだった。

砕《くだ》けた話し方といい、ふざけた態度といい、平民なのだろう。

「気が強そうだな～。君、名前は何ちゃんなの？」

猛烈《もうれつ》に名乗りたくなかったので、口を噤《つぐ》む。頬を叩こうか、足を踏《ふ》みつけようか、それとも――。

攻撃態勢になったエリザベスの背後で、ふいに声がかかる。

「――私の婚約者に何をしているのですか？」

ユーイン・エインスワーズだった。彼はつかつかと近づいてくる。

何をするのかと思ったら、男の肘《ひじ》辺りをぐっと摑んだ。

「い、痛《い》ってえ！　何すんだ！」

ユーインは人体の急所の一つである、手三里《てさんり》を強く掴んだのだ。

拘束《こうそく》が緩《ゆる》んだので、その隙《すき》にエリザベスは手を振り払い、ユーインの背後に逃げ込む。

「なんだ、お前は⁉」

「初めに言いましたでしょう。あなたが一方的に絡《から》んでいた女性《ひと》の、婚約者であると」

獲物《えもの》を横取りされた衛兵は、奥歯《おくば》を噛《か》みしめて悔しがる。ユーインは、相手がぐっと拳《こぶし》を握りしめているのを確認して、行動を起こされる前に先制攻撃をしかけた。

「私は王太子政務《せいむ》第七補佐官、ユーイン・エインスワーズです。何か、ご都合の悪い点などございましたら、事務局を通じてご連絡《れんらく》ください」

衛兵の男はこれ以上喧嘩を売ったらもれなく大変な事態になることを理解し、後ずさる。

ユーインは容赦《ようしゃ》せず止《と》めの一言を投げかけた。

「よろしければ、貴公《きこう》の名前、所属部署、階級など教えていただけると助かるのですが。そのほうがこちらからも、コンタクトを取りやすくなります」

「なっ⁉」

「私の婚約者に用事があるようでしたら、当方を通してご通達をいただければ、スムーズに対処いたしますよ」

やっとエリザベスが、手を出してはいけない女性だったと気付いた衛兵は、あろうことか捨《す》て台詞《ぜりふ》を吐く。

「そ、その女が悪い！　女中が貴族の婚約者だなんて、わかるわけないだろう？」

平民出身らしい衛兵は、自分勝手なルールを語る。高貴な身分の貴族女性——侍女には声をかけたことなど今まで一度もない。女中のお仕着せ姿だったので手を出したのだと白《はく》状《じょう》する。

「わかりました。私も騒《さわ》ぎにしたくはないので、ここはおあいことということにいたしましょう」

衛兵は安堵が顔に出ないよう虚勢《きょせい》をはりながら去って行く。

エリザベスは腕を組み、眉間《みけん》に皺《しわ》を寄せたまま、振り返ったユーインに礼を言う。

「どうも、ありがとうございました」

「態度と言葉が一致《いっち》していないのですが」

「助けてくださって、深く、深く感謝をしています」

「もっと、淑《しと》やかにお礼を言えないのですか」

「これがわたくしです」

溜息を吐き、「呆《あき》れました」と呟《つぶや》くユーイン。

「あなたは、行く先々でトラブルを起こすのですね」

「気のせいではなくって？」

「いいえ、気のせいではありません」

立ち話は往来《おうらい》の邪魔《じゃま》になるので、二人は歩きながら話し始める。

「先ほどの男性は？」

「知り合いに見えて？」

「いいえ」

衛兵が勝手に近づいてきて、急に腕を取られたと説明する。

別に、色目を使ったわけではないとも付け加えておいた。

「なぜ、女中の恰好を？」

「目立たないためですわ」

それを聞いたユーインは立ち止まり、じっとエリザベスを見下ろす。

何か？　と訊ねると、はあっと盛大な溜息を吐かれた。

「エリザベス嬢、残念ながらあなたは思いっきり、目立っていますよ」

「まあ、どうして？」

「どうしてそれがわからないのか、逆に私が聞きたいです」

ユーインはうんざりしながら答え、歩き出す。

数多くいる女中の中でも、キャップでピンクブロンドを隠《かく》していても、エリザベスは飛びぬけて美しかった。

ゆえに、先ほどのような遊び人に目をつけられてしまう。

地味な服装がかえって美を際立たせることに、彼女は気付いていなかった。

「宮殿を歩く時は、なるべくシルヴェスターと共にいたほうがいいでしょう。きっと、あなたに目をつける衛兵が、この先もいるでしょうから」

「お兄様とは勤務時間が合いませんの」

「……もしかして、コンラッド殿下とまだお仕事を？」

「ええ、毎日帰ってくるのは日付が変わった頃で」

「そう、だったのですね。それであなたは夜遊びを――」

顎《あご》に手を当て、何かを考える素《そ》振《ぶ》りをするユーイン。

「どうかなさって？」

「いえ、どうも噂で聞いたあなたと、実際に接するあなたとは、天と地ほども違うように思えて――」

エリザベスはギクリと、肩を微《かす》かに揺らす。

衛兵に遊びに誘《さそ》われた時、不快感を前面に出さずに、軽くあしらう程度にしていればよかったと、いまさらながら後悔《こうかい》する。

「やっぱり、爵位《しやくい》の継承《けいしよう》問題で揉《も》めて……いえ、なんでもありません」

オーレリアも妙《みよう》なことを言っていたが、ユーインもオブライエン公爵家について何か知っているようだった。

けれど、今はそれどころではない。別人がなりすましているなどと、勘づかれでもしたら大変だ。

「噂は本当ですわ。わたくしは今まで、たくさんの恋人達と楽しく過ごしてきましたの」

「どうでしょう？　あなたは、男漁《あさ》りをするタイプには見えません」

「噂が嘘《うそ》だとでも？」

「ええ、そのように思います」

ユーインの言葉を聞いて、ドクン、ドクンと心臓が嫌《いや》な感じに早鐘《はやがね》を打っていた。一刻も早くここから逃げ出したいと思う。けれど、負けず嫌いなエリザベスは、真っ向からユーインを見て宣言してしまった。

「でしたら、わたくしがどんな人間であるかは、あなたの目で判断されてはいかが？」

立ち止まり、ポカンとしているユーインを見て、エリザベスは勝ったと思う。このまま一気に馬車乗り場まで行って公爵家の屋敷《やしき》に帰ろう――。

「エリザベス嬢！」

背中を向けたとたん、ユーインに手を摑まれてしまう。

「なんですの？」

「いえ、先ほどおっしゃった通り、私はあなたの内面を存じません――だから、知りたいと思いました」

そんな発言を聞いて、エリザベスは眉《まゆ》を顰《ひそ》める。想像通りの反応だとばかりに、ユーインは笑った。

「エリザベス嬢、よろしければ、今晩食事でも？」

「寄り道をしていたら、執事《しつじ》や侍女が心配しますわ。それに、わたくしこんな恰好ですし」

「公爵家には連絡を入れておきます。個室のある店に行くので、服装は気にしなくてもいいですよ」

断りたい気持ちでいっぱいだった。だが、これがユーインからの挑戦状《ちようせんじよう》なら、負けず嫌いのエリザベスとしては行くしかない。

結局、帰宅は十時過ぎとなった。

意外にも、ユーインとの会話が盛り上がってしまったのだ。

ユーイン・エインスワーズは王太子の補佐官に相応しい、頭脳明晰《ずのうめいせき》で冷静に物事の判断ができる男だった。エリザベスを、女だからといって見下すこともしない。

寄宿学校時代、エリザベスの周囲にいた男子生徒とは天と地ほども違う。こんな人が本当の婚約者で、牧場の経営を担《にな》ってくれたらどんなに良かっただろうかと考えてしまった。

それと同時に、エリザベスとは一生縁《えん》のない男なのだとも気付いてしまう。一気に現実に引き戻されてしまうような、そんな時間を過ごす結果となった。

馬車が公爵家の玄関先で停まる。

「エリザベス嬢、また明日」

「ええ」

御者《ぎょしゃ》が馬車の扉を開く。ひやりと、秋の風が吹き込んできた。ユーインは「外は寒いので」と言って、上着を貸してくる。エリザベスは無言で受け取り、温《ぬく》もりの残る上着を肩にかけた。そのまま降りようとしたが、ピタリと立ち止まって振り返る。

「ユーイン・エインスワーズ。今日のお礼をしたいのだけど、何かご所望《しょもう》の品などございまして？」

「なんのお礼ですか？」

「衛兵に絡まれているところを、助けていただいたお礼です」

借りを作るのは嫌だと言い、菓子でもなんでも、欲しい物があれば挙げるようにと上から目線で告げる。

「礼には及びません。私は自分の婚約者を助けただけですので」

「いいえ。わたくしが気になるのです」

「律儀《りちぎ》なんですね、意外と」

無言で睨みつけるエリザベスに、ユーインは困り顔で懐《ふところ》から絹製のハンカチを取り出した。それは以前、エリザベスが贈《おく》ったもの。

「でしたら、これに名前の刺繍《ししゅう》を入れてくれますか？　落とした時、返ってくるように」

正直、刺繍が得意でないエリザベスは、思わず顔を歪める。

けれど、自分から申し出た手前、名前をハンカチに刺すことを約束した。

「それでは、ごきげんよう」

「ええ、いい夢を」

やっとのことでユーインと別れる。溜息を吐く暇もなく、屋敷の扉が開かれた。執事や侍女達が、エリザベスの帰りを待っていた。

「お帰りなさいませ、エリザベスお嬢様」

にこやかに出迎えたレントンが、背筋が凍《こお》るような知らせを告げる。

「若様が、書斎《しょさい》にてお待ちです」

「なんですって？」

こんな日に限って、シルヴェスターが先に帰宅していたのだ。

だからといってなぜ、悪いことをしでかしたかのように呼び出されなければいけないのか。エリザベスは苛《いら》つきを隠しもせず、不機嫌な顔で書斎に入った。

シルヴェスターは執務机に手を組んで肘を突《つ》き、笑顔で話しかける。

「お帰り、エリザベス」

「ただいま帰りました、お兄様。今日は、お早かったのですね」

「そうだね。夜、エリザベスと一緒《いっしょ》に食事をしようと頑張《がんば》って仕事を終わらせたんだけど――まさか、ユーインと出かけていたなんて」

婚約者と食事に行って何が悪いのか。

そもそも、なぜ突然一緒に夕食をと思ったのかも謎《なぞ》である。

「あまりうるさいことは言いたくないんだけれど、エリザベス、君は少し、用心したほうがいい」

「用心とは？」

「エリザベスは身代わりの公爵令嬢だ。本物のリズが、素直《すなお》にユーインと食事に行くだろうか？」

指摘《してき》されて、ドクリと心臓が鼓動《こどう》を打つ。確かに、高慢《こうまん》で自分勝手な公爵令嬢エリザベス・オブライエンが、今まで一度も会おうとしなかった婚約者と頻繁《ひんぱん》に食事に行くというのは不自然だ。そうでなくても、噂のエリザベスとは違うと、ユーインに言われたばかりである。

「それに、コンラッド殿下に頼まれた仕事だって……」

本来ならば、女中――否《いな》、侍女でも書類仕事を手伝うことはない。それどころか、文官ではない者が内部機密を書かれた書類を手にしただけで、処罰《しょばつ》される可能性がある。

「いや、あれは殿下が悪いか。……そもそも、人手不足だから新しい文官を配属するよう、上層部《じょうそうぶ》には頼んであるんだけどね」

正直に言えばユーインを第二王子補佐に配属してほしかったと、シルヴェスターは少々疲れた様子で漏《も》らす。

「……ユーインの出世は計画通りなんだが、リズの駆《か》け落《お》ちが父上に知られたら、何もかも台無しになるんだ。厳格な父は、今度こそリズを勘当《かんどう》してしまうかもしれない」

独り言のように呟かれた言葉は、エリザベスには理解できないことだった。

追及しようとも思わない。今は、自分のことで精一杯《せいいっぱい》である。

「とにかく、エリザベスは周囲にバレないよう、上手く立ち回ってほしい」

「ええ、わかりました」

「お手伝いは……まあ、軽い作業ならば目を瞑《つぶ》っておこう。助かっていることは事実だし」

本当の身内だったら、文官の採用試験の推薦状《すいせんじょう》を書いていたよと、シルヴェスターはエリザベスの仕事を認めるようなことを言ってくれた。

その評価を、エリザベスは意外に感じる。

女性が政《まつりごと》に参加するのを、快く思わない男だと思い込んでいたのだ。

「疲れているのに、呼び出してすまなかったね。もう、下がっていいよ」

エリザベスは一礼し、部屋を出る。

侍女が用意した風呂《ふろ》に入り、髪を乾《かわ》かしてもらうと、夜の読書を楽しむことなく布団《ふとん》へと身を沈《しず》めた。

それから数日、なんのトラブルも起きることなくエリザベスは仕事をこなしていた。

宮殿の廊下で噂を聞きつけた侍女や知り合いだという人物が絡んでくることもあったが、ほとんど適当にあしらえたし、オーレリアが一緒にいれば庇《かば》ってくれたりもしたので楽だった。一応、奔放《ほんぽう》なエリザベスを演じようと、わざと男に目配せもしてみたのだが、どうしてかどれも失敗に終わってしまう。

それどころか、「公爵家のエリザベス嬢に、猛禽《もうきん》のような目で睨まれた……」という噂話が早くも出回っているとシルヴェスターから聞かされた時は、なぜそうなるのかと歯噛《はが》みすることになった。

どうして他人を睨んでいたのかと聞かれたが、奔放なエリザベスを演じるため男を誘惑する視線を投げかけていたとは、口が裂《さ》けても言いたくない。

帰りはユーインに見つからないように、宮殿の馬車乗り場まで細心の注意を払《はら》って移動する。努力の甲斐《かい》あって、食事をした日以来、執務室以外で会うことはない。

今日も無事、家路に就《つ》く。

そんなある日のこと。玄関先で執事と侍女が出迎えてくれたが、雰囲気がいつもと違うことに気付いた。空気がピリっとしているのだ。使用人達に訝しげな視線を向けるエリザベスに、レントンはその理由を説明する。

「実は、公爵様がお帰りになっておりまして」

「なんですって⁉」

女中の恰好をしていることがバレたら大変なので、侍女達はエリザベスを取り囲み、衣《い》装《しよう》部屋《べや》へと急ぐことになる。

風呂に入れられ、相応のドレスを纏い、髪を結《ゆ》って最後に化粧をする。

完璧《かんぺき》な公爵令嬢に仕上がったあとで、改めてレントンを呼び出した。

「オブライエン公爵が帰ってきているとは、どういうことですの？」

「申し訳ありません。帰宅は半年後だとおっしゃっていたのですが……」

エリザベスもシルヴェスターからそう聞いていた。

帰宅は予定外とのこと。

急に、会談がキャンセルとなり、帰ってきたという事情を聞く。

公爵の前ではどういうふうに振《ふ》る舞《ま》うのか、シルヴェスターとまだ話し合っていなかった。一つだけわかっていることといえば、実の父親にも身代わりがバレてはいけないということ。

「それで、本物のエリザベスと公爵の関係は？」

「あまり、よくはなかったですね。エリザベスお嬢様は、旦那《だんな》様に怯《おび》えているようにお見受けいたしました」

「……そう」

怯える演技なんかできるかと、エリザベスは思う。相手は人心掌握術《じんしんしょうあくじゅつ》に長《た》けた外交官《がいこうかん》だ。下手《へた》な芝居《しばい》など通用するわけがない。

「家を空けがちということは、話した回数も多くないと」

「ええ、その通りでございます」

この十年で顔を合わせて会話をした回数は、片手で足りる程度だとレントンは話す。前回の接触《せつしょく》は一年半前だった。

「でしたら――」

なんとかなると言おうとしたら、扉が叩かれる。やってきたのは、公爵より伝言を預かった従僕《じゅうぼく》だった。私室に来い、とのこと。

さっそくかと、こめかみを押さえながら溜息を吐く。

「……行ってきます」

「エリザベスお嬢様、どうか、ご武運を」

「ええ、死なない程度に戦ってきますわ」

エリザベスは公爵に会う前からすでに目が虚《うつ》ろになっていた。

これではいけないと、自らを鼓舞《こぶ》し、部屋を出る。

長い廊下を歩き、ようやく公爵の部屋に到着した。

扉を三回叩けば、「入れ」と返事がある。

「――失礼いたします」

「ああ」

公爵の声は低く、しわがれていた。とても、穏《おだ》やかで優しい人物とは思えない声色だ。

激しい鼓動を打つ心臓を抑《おさ》えながら、一歩、部屋に入る。

公爵は長椅子に腰かけていた。

エリザベスは目を合わせる前に、軽く会釈をする。

「お帰りなさいませ、お父様」

「なんだ、いつの間にか、挨拶ができるようになったか」

頭を下げたまま、失敗したとエリザベスは思う。

本物のエリザベスは、父親を前に挨拶すらしない娘だったのだ。

完全なる情報不足だった。

「そこに座れ」

「……はい」

公爵――クライド・オブライエンは白髪交じりのブロンドに、鋭《するど》い双眸《そうぼう》。目尻や口元には深い皺が刻まれている。一目見て、油断ならない人物だと思った。

「ふん。婚約を発表して、公爵夫人となる心構えがさすがに芽生えたか」

「公爵、夫人……!?」

発せられた言葉を受け入れるのに、数秒かかった。

その反応を見て、公爵は目を細める。

「まさか、シルヴェスターから聞いていなかったのか？」

「い、いえ……お話は、聞いておりましたが、まさか、あの話が本当とは」

まったく知らない情報であったが、疑われないような返しをする。

いまだ混乱の中にあったが、必死に頭の中で整理した。

公爵はエリザベスを次期公爵夫人だと言った。ということは、公爵の爵位を継承するのは、結婚相手であるユーインとなる。

そこで、噂話の意味を理解することになった。

次期公爵はシルヴェスターではなく、ユーイン。

彼が王太子付きに任命された理由も察する。公爵になった時のことを見越《みこ》しての配属だったのだ。

――けれど、どうして爵位をユーイン・エインスワーズに？

エリザベスは疑問に思う。ユーインは公爵の弟の息子《むすこ》で、父親は他界。実家の伯爵位は兄が継《つ》いでいる。

公爵の弟の息子なので、公爵家の継承権を持ってはいる。

けれど、シルヴェスターがいるのになぜ？

考えれば考えるほど、わからなくなる。

何やら裏事情がありそうなこの話を、どういうふうに受け止めればいいのか、エリザベスは頭を悩ませた。

そのまま夕食も公爵と共にすることになり、気まずい時間を過ごすことになる。

料理を載せたワゴンを給仕《きゅうじ》が押してやってくる。会話は、ここで中断した。

前菜《アントレ》はホタテのクレソンソース和《あ》え、トマトとチーズのマリネ。美しい色どりであったが、見た目も味も楽しむ余裕などなく。

身代わりのエリザベスに合わせた料理の量を見て、公爵は目敏《めざと》く指摘した。

「どうした、いつもは呆れるほど食べているだろう？」

鋭い観察力に、エリザベスは胃の辺りがぞわりと震える。

婚礼《こんれい》衣装が美しく見えるよう、減量をしていてと誤魔化《ごまか》した。結婚式は特別だからといういかにもな理由で、納得《なっとく》してくれたようだ。

食前の祈《いの》りを終えて食べ始めたが、緊張からか食べきることができなかった。

次に運ばれてきたアスパラガスのポタージュを、苦労して飲み干す。

メインは魚《ポワソン》と肉《ヴィヤンド》の二種類。魚は淡泊《たんぱく》な白身魚で、柑橘類《かんきつるい》のあっさりとしたソースだったため、これだけは難なく食べきることができた。けれど、肉料理は兎《うさぎ》のもも肉にこってりとしたワインソースが添えられたもの。見ただけでお腹《なか》がいっぱいになる。

公爵は食欲旺盛《おうせい》なようで、肉料理にナイフを入れて切り分けると、迷いなく口に運んでいく。そして、夢に出そうな感想を述《の》べた。

「――血の味がしないな」

公爵の発言を聞いたエリザベスは、兎の首を刎《は》ね、後ろ足を摑んで滴《したた》る血を豪快《ごうかい》に啜《すす》る姿を想像し、ビクリと肩を揺らす。

レントンが、料理の感想に言葉を返した。

「旦那様、そちらの兎は家畜《かちく》でございます」

「野兎《のうさぎ》の時季はまだか」

「あと一ヶ月はかかるかと」

冬は野禽《ジビエ》の血までも美味《おい》しくなる。「冬兎《ふゆうさぎ》の血でリエしたソースは最高だよ」とエリザベスの父もそんな話をしていたなと、幼い頃の記憶《きおく》を甦《よみがえ》らせていた。

公爵は、獣《けもの》の生き血を啜りたいわけではないのだ。

その姿があまりにも自然に想像できてしまったがために、恐怖《きょうふ》を覚えただけで。

「シーズンになれば、シルヴェスターに野兎狩《が》りを命じておけ。あれは狩りの才能はある」

「承知いたしました。それで旦那様、次にお帰りになるのはいつ頃で？」

「三ヶ月後くらいか」

「左様《さよう》でございましたか」

エリザベスはすべての感情を打ち消した面持《おもも》ちを装《よそお》い食事を口にしていたが、気が気ではなかった。実の父親を騙《だま》し通せるものだろうか。気づいていて、騙されているふりをしているのではないかと疑念が湧く。

ともあれ、レントンとの会話で明日から公爵はまたいなくなることがわかった。深い安堵を覚えるエリザベスであったが、代わりに、別の感情がふつふつと沸騰《ふっとう》する泡のように浮かんでくる。

それは、シルヴェスターへの深い深い怒りであった。


深夜。時刻は日付が変わるような時間帯。寝間着《ねまき》姿のエリザベスは、窓の外を睨みつけていた。

屋敷へ入ってきた馬車を確認するや否や、上衣《ガウン》を着込み、扉の前に立って耳を澄《す》ませる。遠くから話し声が聞こえた。途中《とちゅう》、その声も聞こえなくなり、カツカツと早足で歩く音だけが迫《せま》ってくる。

タイミングを計り、扉を開く。

すると、エリザベスの部屋の前に、驚《おどろ》いた顔をしたシルヴェスターがいた。

エリザベスは怒りの形相でタイを掴み、中へと引き入れる。

「おや、エリザベス、どうしたのかな？」

「しらばっくれないでいただけますか？」

「もしかして、父上のこと？」

「もちろん」

目線で長椅子に座るように示す。シルヴェスターは素直に従った。

エリザベスも向かい合った位置に腰を下ろし、腕を組んで睨みつける。

「それで、どうなさいますの？」

「どうもこうも、予定通りだけど」

「はあ⁉」

シルヴェスターは父親が家にいる時もエリザベスに身代わりを続けさせ、また、本物のエリザベスが見つかっても見つからなくても半年後には修道院送りにすると、しれっとした表情で話す。

「今は婚約パーティー諸々《もろもろ》で公爵家に注目が集まっている。修道院送りにはできないよ」

「そもそも、エリザベス・オブライエン捜《さが》しはどうなっていますの？」

「探偵《たんてい》に探《さぐ》らせているけれど、有力な情報は見つかっていない」

シルヴェスターは父親の帰宅にまったく動揺《どうよう》していないようだった。

その態度も、エリザベスは気に食わない。

「心臓が止まるかと思いましたわ」

「父はほとんどリズと関わっていない。違いなんてわかるわけないさ」

夕飯時、公爵から食事量について指摘された件を話すと、シルヴェスターも目を見張る。

「……なるほど」

「身代わりを続けることの危うさを、ご理解いただけまして？」

「そうだね」

勘のいい公爵を騙し続けるのは無謀《むぼう》だと、エリザベスは言う。

「それに、使用人も気の毒ですわ。主人に言えない秘密を共有させるなんて」

「エリザベスは優しいんだね」

「勘違いをなさらないでくださいませ。わたくしは、事実を述べているだけでしてよ」

「そうかな？」

話が逸れたので、元に戻す。エリザベスの要求は今すぐ身代わり役を辞《や》めること。妹の家出を公爵に正直に話すこと。

「それは難しい」

「わたくしも、身代わりを続けることは難しいですわ」

「だったら、支援金を増やそう」

「もう結構ですわ」

「頼むよ」

「お断りいたします」

エリザベスは深い溜息を吐いて立ち上がる。

カーテンを広げれば、雲の隙間《すきま》から月が顔を覗かせていた。

満月なのか、眩《まばゆ》い光を放っている。

エリザベスはシルヴェスターに背を向けたまま、話しかける。

「あなたは、いったい何をなさりたいの？　どうしてそこまでして、公爵家の名誉《めいよ》を守りたいのか……」

「もしかして、噂話を聞いたのかい？」

エリザベスは返事もせずに、黙《だま》って月を見上げていた。

さまざまな情報を整理するが、どうしてもわからない点が壁となる。

一つ目は、なぜ、シルヴェスターが爵位を継がないのかということ。

推測は口にしたくなかった。

「エリザベスが可愛らしくお願いをしてくれたら、教えてあげるよ」

話にならない。エリザベスが腹を立てて振り返ると、いつもとは違う目付きをしたシルヴェスターと目が合った。

「今日はもう、休みますわ」

「噂の真相を、聞かなくても？」

シルヴェスターは立ち上がって、ゆっくりと近づく。

ざわりと肌《はだ》が粟立《あわだ》ち、エリザベスは一歩後退したが、背後は窓である。

視線を逸らすことはできない。逃げることも。

できることは――。

「来ないで！」

「なぜ？」

力を込めて拒絶《きょぜつ》の言葉を口にする。

近づいてほしくない理由は、シルヴェスターに恐怖を覚えたからとは言いたくない。エリザベスはどこまでも負けず嫌いであった。

しかし睨み上げても、まったく効果がない。

それどころか、一気に距離《きょり》を詰《つ》められ、腕を摑まれて近くへと引き寄せられてしまった。

「な、何をするの、このド変態!!」

慌《あわ》てて胸を押し戻そうとするが、力が強くビクともしない。抱きしめられる形となり、必死に抵抗《ていこう》するが力では叶《かな》わなかった。

「文官の癖《くせ》に……！」

この馬鹿力！　と軽蔑《けいべつ》を込めて罵倒する。シルヴェスターは鼻で笑うかと思ったが、意外な事実を話し始める。

「元々私は文官ではなくてね、数年前までコンラッド殿下の近衛騎士《このえきし》をしていたんだ」

「なんですって!?」

文武両道が公爵の教育方針だったんだと、エリザベスの耳元で語る。

「でも、どうして騎士なんかに……」

騎士になるのは、貴族の次男以下の子息がほとんどだ。命を懸《か》けることもあるので、替えの利《き》かない跡《あと》取《と》りがする仕事ではない。

シルヴェスターの体つきが、妙に鍛え上げられている理由は理解できたが……。

「そんなことよりも、いい加減放してくださらない？」

依然として、シルヴェスターはエリザベスを抱きしめたままであった。

押しても引いても動くことができないので、苛立《いらだ》ちが募《つの》る。

「悪いのはエリザベスだよ。こんな夜更《よふ》けに、寝間着姿で出迎《でむか》えるなんて」

「上衣を着ているので、完全な寝間着姿ではございません！」

「エリザベスは、そういう詰めの甘《あま》いところが、すっごく可愛いよね」

「なっ……！　あなた、働き過ぎて、頭がおかしくなりましたの？」

「いいや、正気だ。どこまでも真面目かつ働き者で、自分に素直で、妹のエリザベスが君だったらいいのにと、どんなに思ったことか」

「な、何をおっしゃっていますの⁉」

呆れをぶつけても、ふっと笑うばかりで効果は欠片《かけら》もない。

「信じられませんわ。嫌がらせか何か知りませんけれど、実妹《いもうと》と同じ顔をした人間を抱きしめるなんて！　一度、お顔を洗って出直してきたらいかが？」

その罵倒には、さすがに反応を示す。シルヴェスターはエリザベスをゆっくりと離し、向かい合う形となった。そして、笑顔を浮かべながら言う。

「――リズと私は、本当の兄妹ではないんだよ」

思いがけない暴露《ばくろ》に、エリザベスは顔を強張《こわば》らせた。

「それは……いったい……？」

月明かりを受けて、シルヴェスターの双眸が怪《あや》しく輝《かがや》く。

顔が整っているだけに、妙な迫力《はくりょく》があった。

「私は父上の前妻の連れ子でね、公爵家の血は流れていない。実子《じつし》ではないから、公爵にはなれないんだよ」

その推測はエリザベスも思いついていた。けれど、一番ありえないことだと考えないようにしていたのだ。

じわじわと、疑問が浮かんでくる。

そんな立場でなぜ、身代わりを立てるという危険を冒《おか》してまで、公爵家の名誉を守ろうとしているのか。

明らかとなった事実が衝撃的《しょうげきてき》過ぎて、上手く情報の整理ができない。

しかし、混乱した中でハッと一つの可能性に気付くと、足元がグラグラと揺れるような錯覚《さっかく》に陥《おちい》る。

「エリザベス！」

体を支えられて我に返る。いつの間にか、血の気が引いて貧血《ひんけつ》を起こしていたのだ。

「すまない。いろいろ一気に話し過ぎた」

「は、放して」

ドンと、強く胸を押した。今度はエリザベスの弱い力でも押し返すことができた。自ら離れていったようにも思えるが、それはどうでもいい。エリザベスは親の仇《かたき》でも見るような目で、シルヴェスターを睨みつけながら問う。

「一つだけ、答えていただけますか？」

「ああ、いいよ」

「あなたが、妹、エリザベスを、追い出したのではありませんの？」

翡翠《ひすい》の目が僅《わず》かに揺れる。

だが、シルヴェスターは首を横に振って否定した。

「そうだとしたら、あの日、リズをわざわざ街まで捜しに行っていないよ」

「……そうですわね」

爵位を継げるのは男系男子のみであるが、特別な例外もあるのだ。自らが公爵になるための計画ならば、恐《おそ》ろし過ぎる。

エリザベス・オブライエンは婚約パーティー当日に駆け落ちをした。それが真実であれ嘘であれ、エリザベスは一刻も早く公爵家から縁を切りたいと思った。

「エリザベス、頼むから、もう少しだけ、ここにいてくれないか？　君のことは、必ず守るから」

信じられない。そう口にしようとした刹那《せつな》、シルヴェスターは驚きの行動に出る。姫君に忠誠を誓《ちか》う騎士のようにエリザベスの前で片膝を突き、頭《こうべ》を垂《た》れたのだ。

「エリザベス・マギニス嬢、どうか、哀《あわ》れな私に情けを――」

冗談《じょうだん》でここまでできる貴族はいない。本気で困り、エリザベスに助けを乞《こ》うているのだ。どうするべきか、判断に迷った。

なぜ、今ここで拒絶できないのかと、奥歯を嚙みしめる。

仮に、公爵に秘密にしたまま身代わりをたてたことが公《おおやけ》にバレたら、実家を助けるどころではない。

どれだけの処罰を受けるのか、前例がないので想像もできない。けれどどうしてか、口が、足が、動かなかったのだ。

自尊心が高いこの男の哀れな姿に同情したのか、呆れて物も言えない状態なのか、自分のことなのにわからない。

じっと、旋毛《つむじ》を見下ろすこと数十秒。

エリザベスは僅かに冷静さを取り戻し、地面に伏すシルヴェスターに声をかける。

それは、このまま身代わりを引き受けるための条件だった。


「――でしたら、わたくしの靴《くつ》に、口づけをしていただけるかしら？」


シルヴェスターはハッと、エリザベスを見上げる。

その目は明らかに、動揺の色に染まっていた。

「もしもそれができるのならば、身代わりをしてさしあげても、よろしくってよ？」

これはエリザベスの本心ではない。靴にキスをしてもらったくらいでは、裏事情がありそうなこの家で、身代わりという危ない橋など渡れるわけがない。

要は、シルヴェスターを諦《あきら》めさせるための作戦である。

「わたくし、待つのは大嫌いなの。早くお決めになってくださいな」

生意気《なまいき》な口ぶりとは裏腹に、早く怒りだしてここから去ってくれと願う。状況に耐《た》えきれなくなり、ぎゅっと目を閉じて、時間が経過していくのを待つ。

すると――足先に何かが触《ふ》れる感覚が伝わった。

瞼《まぶた》を開いたら、シルヴェスターが地面に這《は》いつくばり、靴に口づけをしていたのだ。

エリザベスは叫びそうになった口元を覆い、息を整える。

同時に、シルヴェスターは顔を上げ、訊ねてきた。

「これで満足かな、姫君？」

にこりと微笑んだ顔はいつもと違う、仄暗《ほのぐら》さを含んだものであった。

シルヴェスターはエリザベスの条件を呑み、靴にキスをした。

もう、あとには戻れなくなったことを咄嗟《とっさ》に悟《さと》る。

エリザベスは、身代わりを続けるしかなくなったのだ。

わなわなと震え、出てきた言葉は――。

「出て行って、ここから。早く……！」

シルヴェスターは顔色を変えることなく、「仰《おお》せの通りに」と言って優雅な礼をすると、部屋から出て行った。

立ち続けることができずに、エリザベスはストンとその場に座り込む。

自分は今、悪魔《あくま》と契約《けいやく》をしてしまったのではないか。

そう思い、エリザベスは青ざめる。

シルヴェスターという人間をわかっていなかった。どうしてあの場で挑《いど》むような提案をしてしまったのか。経験の浅さを、人生で初めて恥じ入る。

自分はまだ小娘《こむすめ》であったと、痛感する結果となった。


朝。仕事が休みの日なので、きっちりと身支度をしてから食堂へと向かった。今日も一番乗りかと思いきや――。

「――おはよう。今日は早いな」

「……おはようございます、お父様」

公爵と鉢合《はちあ》わせて思い出す。

本当のエリザベスは寝起きが悪く、朝食の時間に食堂に来ることはなかったということを。ここでも適当に、早起きは美容にいいと聞いたからと答え、その場をしのいだ。

数分後、シルヴェスターがやってくる。

昨日のことなど一切《いっさい》引きずっておらず、爽《さわ》やかな笑顔で挨拶をしていた。

その顔を見た瞬間《しゅんかん》、羞恥《しゅうち》と怒りが混ざった説明できない感情が、じわじわと湧いてくる。正直、昨晩はあまり眠れなかった。それほど衝撃的なことだったのに、シルヴェスターはなんてことはなかったという表情《かお》でいる。

憎たらしくて、顔も見たくない。そう叫びたくなったが、ぐっと我慢《がまん》した。食事中は誰も一言も話さず、気まずい時間が過ぎていく。

最後に、一礼して部屋を出ようとすれば、公爵より声をかけられた。

「エリザベス」

「なんでしょうか、お父様」

話は宮殿で召使いをしている娘へ、しっかり勤め上げるようにという、どうということもないものであった。

もちろんですと返事をして、食堂から出て行く。

私室に辿り着くと、がっくりと倒れるように長椅子に腰かけた。

侍女が傍《そば》に寄り、心配してくれる。

「エリザベスお嬢様、大丈夫ですか？」

「ええ、平気」

爽やかな朝だったのに、腹黒なシルヴェスターと、狡猾《こうかつ》そうな公爵に囲まれ、心休まる時がなかった。こめかみを押さえ、はあと憂鬱《ゆううつ》な息を吐く。

レントンが出立《しゅったつ》する公爵の見送りをするかと聞きに来たが、エリザベスは断った。

昨日、今日の二日間の身代わりで、心労が溜《た》まって倒れそうだ。今日は王宮勤めもないしこのまま休みたいけれど、やらねばならないことがあった。ユーインに頼まれていたハンカチの刺繍だ。侍女に裁縫《さいほう》道具を持ってくるように命じた。

セリーヌの侍女をしていた時、いくら頑張っても努力が実を結ばなかったのが手芸である。一向に上達しないので、「死ぬほど才能がないのね」と呆れられたことは一度や二度ではない。最終的には裁縫仕事を頼まれなくなった。

そんなわけで、エリザベスが針と糸を握るのは久々である。

白いハンカチに縫《ぬ》いつけるのはどの色がいいか考える。真剣《しんけん》に悩み、結局ユーインの目の色と同じ青に決めた。苦労して針の穴に糸を通し、ハンカチを掴む。布の縁取《ふちど》りに合わせて針を入れたが――。

「痛ッ！」

布に突《つ》き刺《さ》した針を、いきなり自分の指先にも刺してしまった。

ぷつりと、赤い血の球が浮かぶ。

奥歯を噛みしめ、だから嫌なんだと心の中で文句を呟いていた。

それからは地道にかつ必死に縫っていたが、途中であることに気付く。

「……いつの間にか、ハンカチが血まみれですわ」

目が合った侍女は苦笑していた。新しいハンカチを頼むと、すぐに出してくれた。どうやら買い置きがあったらしい。今度は細心の注意を払いながら、ひと針ひと針刺していく。

ユーイン・エインスワーズの刺繍が完成したのは、夕方だった。

昼食も私室で取ったので、一日中引きこもって製作していたということになる。五枚のハンカチを無駄にし、手先は包帯だらけとなっていた。

できあがったハンカチに血が付いていないか確認し、用意していた手紙を添えてユーインに送るように命じる。


翌朝、紅茶を運んできた侍女から、本日の予定を通達される。

「若様より執事を通じて伝言がございました。指先の怪我《けが》が完治するまで、仕事は休むようにと」

包帯姿で給仕をするのはよくないと、エリザベスも思っていたのだ。朝一で訊くつもりではあったが、先を越されてしまって悔しい。

これは使用人の連絡が速かっただけなのだが、どうしてか苛ついてしまったのだ。

「……ええ、わかりましたわ」

素直に返事はしたものの、顔が怒気《どき》に染まっていた。

侍女は「ヒッ！」という悲鳴を、口から出る寸前で呑み込む。

エリザベスはいつも通り完璧な身支度をして、食堂へと向かった。

しばらくすると、シルヴェスターがやってくる。

「おはよう、エリザベス」

「おはようございます、お兄様」

エリザベスはお兄様とは呼んだものの、たっぷりと他人行儀《たにんぎょうぎ》な声色で挨拶を返す。シルヴェスターはそんなことなど気にも留《と》めず、怪我の元凶について訊いてくる。

「昨日は、裁縫を頑張っていたようだね」

「ええ」

何を縫っていたのかと聞かれたが、単なる暇潰しだと答えておいた。

「読書が趣味《しゅみ》の君が、裁縫で暇潰し、ね」

シルヴェスターのこういう勘の鋭いところが本当に嫌《きら》いだと、エリザベスは思う。それから、互いに無言で食事をし、ようやく別れることになった。

突然降ってきた休日は、読書をして過ごす。公爵家の爵位継承にまつわる思惑《おもわく》や、シルヴェスターの生い立ちなど気にかかることは多いが、今は考えたくない。

お昼過ぎに、なぜか宝石商がやってきた。どうやらシルヴェスターが手配をしていたようである。

テーブルの上に並べられた宝飾品《ほうしょくひん》は、シャンデリアの光を受けてキラキラと輝く。けれど、エリザベスはそれを見て、憂鬱な表情を浮かべた。どうせ購入《こうにゅう》しても、最終的に自分の物にはならないからだ。身代わり稼業《かぎょう》の辛《つら》いところである。

扇《おうぎ》を広げ、侍女を呼び寄せる。口元を隠しながら耳打ちをした。

「あなた達のセンスで選んでちょうだい」

侍女は頭を下げる。それを確認すると、エリザベスは商人に向かって「ごきげんよう」と言い、貴婦人のお辞儀をして、客間をあとにした。

そして足早に部屋に戻ると、大好きな読書を再開するのだった。


翌日。変わらない朝。食堂にて、シルヴェスターと挨拶を交《か》わす。

「エリザベス、おはよう」

「おはようございます、お兄様」

そのまま席につくと思いきや、シルヴェスターはエリザベスの元へと近づき、怪我の状態を見せるように言う。仕方なく手のひらを広げて見せてやった。包帯はもう巻いていない。痕もほとんど目立っていなかった。ところが――。

「今日も休んだほうがいいね」

エリザベスはその言葉に反抗《はんこう》せず、頷いた。それとなく、出勤は許されないだろうと予想はできていたのだ。

そんな日々が五日も続く。今日は何をしよう――そう思っていたら、一通の手紙が届けられる。オーレリアからだった。

内容は怪我をしたと聞いたので、見舞《みま》いに行ってもいいか、というものであった。断る理由もないので、「来ていただけると嬉しいです」という内容の手紙を認《したた》め、オーレリアの家に直接届けるよう、侍女に命じた。

午後になると、オーレリアが訪問してきた。

エリザベスを見るなり、深く安堵したような顔を見せる。

「ああ、よかったわ」

「よかった？」

「また、シルヴェスター様におしおきをされたのではないかとずっと心配で」

「……大丈夫ですわ」

六日も休んでいたので、オーレリアはエリザベスがシルヴェスターに大怪我を負わされたのではと疑っていたのだ。そんなことはないと首を横に振る。

それから二人は、菓子を味わいながら会話を楽しんだ。

「そういえば、オーレリア様、裁縫はお得意？」

「ええ、まあ、人並みには」

「でしたら、刺繍を教えていただけないかしら？」

「別にいいけれど」

エリザベスは棚《たな》の中から裁縫道具を取り出す。

「こちらがわたくしが縫った刺繍で」

「きゃあ！」

差し出されたハンカチを見て、オーレリアは悲鳴をあげる。

エリザベスは血まみれのハンカチを手にしていたのだ。

「な、なんなの、それ！」

「作りかけの刺繍ハンカチですが」

「なんで血まみれなの？」

「針で手を刺してしまい」

「も、もしかして、怪我って——」

「針を指先に刺し過ぎたためですわ」

「あ、ありえないわ！」

血まみれのハンカチなんて恐ろし過ぎる、早く捨ててとオーレリアに言われ、エリザベスはそんなに気にしないでと返す。

それよりも、刺繍がどうしても途中で曲がるから、原因を教えてほしいと差し出したのだが、オーレリアの視線は宙を彷徨《さまよ》うばかりだ。

仕方がないので、ハンカチは箱の中に仕舞《しま》い込《こ》む。

「では、今度血の付いていないものを持って行きますので、助言をしていただけますか？」

「いいけれど……そんなに向いていないのにどうしていまさら刺繍を習いたいの？」

「それは——」

刺繍が上手くなって、シルヴェスターを見返すことが目的である。とはいえそんなことを言えるわけもないので、花嫁衣装を作る時の刺繍入れの練習だと言っておいた。公爵家の花嫁は、仕上げ段階でドレスに花の刺繍を入れる伝統文化があったのだ。オーレリアはそれで納得してくれた。

オーレリアが帰宅したあと、夕方にもう一人訪問客が現われた。

前髪をきっちりと整え、パリっとした服を纏った礼儀正しい男――ユーイン・エインスワーズである。彼もまた、エリザベスが長く休んでいると知り、見舞いにやってきたのだ。

「怪我をしたと聞きましたが」

「ええ、でももうほとんど治っていますの」

「そうですか。だったらよかったです」

そう言いながら、エリザベスにお見舞いの薔薇《ばら》の花束を手渡す。

「まあ、冬薔薇なんて、初めて見ました」

「北風にも負けず、凛《りん》と咲《さ》き誇《ほこ》るそうです」

「そう……」

綺麗《きれい》な花を前に、つい頬が緩んでしまう。

エリザベスは香りを楽しんでから、侍女に生けるように手渡した。

「ありがとう」

笑顔でお礼を言ったら、ユーインはまじまじとエリザベスの顔を見たまま、動かなくなった。

「あの、何か？」

「い、いえ、なんでも」

「そう？」

会話が途切《とぎ》れ、しばし静かな中で過ごす。

エリザベスは抱《かか》え込《こ》んだ問題をふと思い出し、憂鬱になった。

「何か、あったのですか？」

「……別に、何も」

大変な事件はあったけれど、どれもユーインに言えないことばかりである。

「本当ですか？　いつもより元気がないようにお見受けしますが――。よろしければ、相談に乗りますよ」

「いえ、本当に、なんでもありませんの」

自分は性悪で自分勝手な公爵令嬢。役柄《やくがら》を思い浮かべ、しっかり演じなければと考えてきたが、今日はどうにも調子が出ない。

「どうにもできない悩みでも、話をするだけで楽にもなれますし、私にできることであれば——」

ユーインの気遣《きづか》いが、心に沁《し》み入る。身代わりという立場でなかったら、優しさに甘えていただろうと思う。けれど、彼が心配しているのは公爵令嬢のエリザベスなのだ。気遣いや優しさをそのまま受け取るわけにはいかない。そう思い、心にもない提案を口にした。

「——でしたら、わたくしと駆け落ちしてくださらない？」

その一言に、ユーインは目を見開く。エリザベスは、「貴族社会の付き合いなどまっぴら、ここから出て行って自由に暮らしたい」と語る。

「田舎《いなか》で、牧場経営でもしませんこと？」

嘘に本当を混ぜれば、虚言《きょげん》がバレにくくなる。エリザベスは、最後だけ本心を口にした。

けれど——。

「あなたは嘘を吐いていますね」

ユーインはきっぱりと言う。

エリザベスは驚きもせず、ただ相手の青い双眸を見つめていた。

「正直、何が本当で、何が嘘なのか、はっきりとわかるわけではないのですが、一つだけ。あなたが貴族社会はまっぴら、自由に暮らしたいと言ったのは、思ってもいないことでしょう？」

ユーインの言葉は正しい。ゆえに、何も返すことはできず、力を込めた双眸を向けることしかできなかった。

「きっと、誰かに弱音を吐いたり、助けを求めたりすることが苦手なのでしょうね。死ぬほど頑固《がんこ》とも言いますが？」

ぐうの音も出ない状況まで追い込まれる。現在のエリザベスは、身代わり事情を誰にも話せないし、この状況から脱出《だっしゅつ》することもできない、どうしようもない場所に身を置いていた。仮にユーインが駆け落ちをすると手を取ってくれても、「冗談ですわ」と言って掴まれた手を振り払っていただろう。

要は、相手から距離を置くための、虚言だったのだ。

客間はシンと、気まずい沈黙《ちんもく》に支配される。

ユーインは眼鏡のブリッジを押し上げ、はあと溜息を吐く。

「私はまだ、あなたから信用してもらえる状態ではないのでしょうね。どうすれば、頼ってくれるのか――」

ユーイン・エインスワーズという男は、堅《かた》く真面目な性格で、理詰《りづ》めなところがある。けれど、言っていることはすべて筋が通っているし、相手の腹を探るような回りくどい物言いもしない。

シルヴェスターより、何十倍、何百倍も信用に値《あたい》する人物だとエリザベスは思っている。けれどそれは、田舎貴族で牧場の娘であるエリザベス・マギニスの評価だ。奔放な性格である公爵令嬢エリザベス・オブライエンは、きっとユーインのような男は苦手だろう。

決まりの悪い表情で顔を背《そむ》けるエリザベスに、ユーインは呆れた声色で話しかけた。

「わかりました。先ほどのご提案に対してお答えしましょう。申し訳ないのですが、駆け落ちは――――できません」

婚約者と仕事、どちらが大事かと聞かれたら後者だと答えるユーイン。それはこの先も変わらないと宣言する。

「以前、あなたがブレイク卿《きょう》に語っていた、貴族としての在り方に私は大変感銘《かんめい》を受けたので、この考えはご理解いただけると思っています」

公爵令嬢エリザベスの元恋人、ブレイク伯爵に啖呵《たんか》を切った言葉――――。

『わたくしは、身に纏うドレスが、育った環境《かんきょう》が、学んだ教養が、何に活用されるべきか、理解しております。決して、あなたの後妻《ごさい》になるために、与えられたものではありません』

その言葉から、エリザベスが「貴族社会の付き合いはまっぴら。自由になりたい」と言った言葉を嘘だと判断したという。

「牧場に遊びに行きたいのであれば、新婚旅行先の一つとして考えておきます。有名どころでは、マギニス家の経営する牧場は、素晴《すば》らしい品質の乳製品を作っていますが――――」

ふいに、ユーインの口から実家の話題が出てきて、胸が大きな鼓動を打つ。

自慢《じまん》の乳製品《にゅうせいひん》を褒《ほ》められ、嬉しくもあった。

「あなたは、そんなに牧場がお好きなのですか？」

「……なぜ？」

「一瞬《いっしゅん》、表情が柔《やわ》らかくなったので。見間違《みまちが》いの可能性もありますが」

「ええ、見間違いですわ」

動揺に気付かれぬよう、いつもよりキツい口調になってしまった。なのに、ユーインは微笑みながら、「いつものあなたに戻りましたね」と言う。

「マギニス家の牧場といえば、先の大嵐《おおあらし》で被害《ひがい》に遭《あ》ったと聞きました。災害事業再建法《さいがいじぎょうさいけんほう》の支援を受けられればいいのですが」

「災害事業再建法ってなんですの？」

「数日前に決まった新たな法律です。最近嵐など災害が頻発《ひんぱつ》していて、工場や牧場、農場などが大きな被害を受けて流通にも影響《えいきょう》が出ているものですから、陛下《へいか》が急遽施行《きゅうきょしこう》すると判断された法案になります」

「そんなものが……」

「マギニス牧場の乳製品は国内でも数多く流通しているので、間違いなく支援対象に認定されると思いますよ」

そうなれば、復興も早いだろうとユーインは話す。ただ、支援を受けるには事業主《じぎょうぬし》からの申請《しんせい》が必要だとも。

「エリザベス嬢、マギニス牧場の製品に何か思い入れが？」

「ええ……」

「でしたら、ぜひ復興してほしいですね」

エリザベスは複雑な表情でコクリと頷いた。

運ばれてきた紅茶を飲み、しばし静かな時間を過ごす。

ティーカップに注がれているのは、ジンジャーティー。ポットに乾燥《かんそう》させた生姜《しょうが》のスライスが入っており、蜂蜜《はちみつ》を垂らして飲む。

爽やかな風味と、ピリッとした刺激的な後味が特徴《とくちょう》である。飲んでいるうちに体がポカポカと温かくなった。寒い日にはうってつけの一杯である。

茶菓子はドライフルーツを入れて焼いたティーケーキ。

どっしりみっちりの甘ったるいそれは、スパイスの利いた紅茶とよく合う。

男性には甘過ぎるであろうケーキを、平然と口にするユーイン。

エリザベスはぼんやりとその様を眺める。

ユーインの一挙一動は洗練されていて、とても優雅だった。

手摑みでケーキを食べ、紅茶を一気飲みする父親とは大違いだとも思う。

実家に帰ったら、ここで体験した暮らしとはほど遠い生活が待っているのだ。せめてひと時だけでも、優雅な時間を堪能《たんのう》しなくてはと考える。そうでもしないと、問題渦巻《うずま》く公爵家ではとてもやっていけない。

「そういえば――」

エリザベスの視線に気付いたユーインが、上着のポケットからハンカチを取り出す。

「このハンカチ、ありがとうございました」

差し出されたハンカチを見て、エリザベスはぎょっとする。

白いハンカチに刺されたユーイン・エインスワーズの文字は、素晴らしく歪んでいて不格好だったのだ。

「こういうことを女性にしていただいたのは、初めてだったので嬉し――」

「返してくださる!?」

「はい?」

「間違えて、失敗作を送ってしまいましたの!」

エリザベスは顔を真っ赤にして、絹のハンカチに手を伸ばす。

できあがった時は上手く縫えたと喜んでいたが、実際には酷い代物であった。

あまりにも一生懸命《いっしょうけんめい》で、客観的に見られなかったのだろうと、その時の思考を推測する。早く回収しなければと思って伸ばした手は、ハンカチに届かなかった。

寸前で、ユーインが手を引っ込めたからである。

「でしたら、成功したハンカチと交換《こうかん》で」

成功したハンカチ――そんな物など、この世界には存在しない。

エリザベスはユーインの隙を確認するや否や、手からハンカチを引き抜く。

今度は成功した。

「――な、何を！」

「よ～く見たら、気に食わない点がありますので、新しく縫い直します」

「いえ、いいですよ。これが気に入っていますから」

「そんなことありえません」

「重要なのは刺繡の美しさではなく、気持ちですから」

そこまで言われたら、強情《ごうじょう》を押し通すわけにもいかない。

頰はさらに、羞恥で火照《ほて》っていく。誤魔化すために睨みつけても、潤んだ目では迫力に欠けていた。そのことにエリザベスは気付いていないが。

エリザベスは抵抗を諦め、渋々とユーインにハンカチを返した。

「ありがとうございます。大切にしますので」

朗《ほが》らかな笑顔を見せるユーインを前に、ツンと顔を逸らすエリザベスであった。


夜、エリザベスは実家の兄に手紙を書く。

ユーインが教えてくれた法律の手続きをするようにという内容と、元気に暮らしている旨を伝えるものだった。

身代わりの報酬《ほうしゅう》は、今年牧場の収入がなくても家を存続させるに充分なものだったが、先のことを考えると、商家など財あるところに嫁《とつ》ぐ必要があるとエリザベスは考えていた。けれど、無事に再建法の申請が認められ復興の見通しが立ったら、金持ちの家に身売りをするように嫁がなくて済むのでは、とぼんやり考える。

貴族女性としての役割はきっちりと理解しているつもりだが、商家に嫁いだ場合、これまで学んだことは生かされず、平民の妻としての振る舞いを望まれることは目に見えていた。

叶うならば、マギニス家に婿《むこ》を迎え、牧場の経営に携《たずさ》わりたいと思っていたし、父親もそれを認めてくれている。どうか、牧場が元の姿を取り戻すように——そんな願いを託《たく》し、手紙に封《ふう》をする。

同時に、これからの公爵家のことも考えた。

数ヶ月後、本物のエリザベスが見つかるかどうかにかかわらず、修道院送りが決定される。爵位は凍結《とうけつ》となるのか、ユーインに継承されるのか。

どちらにせよ、屋敷の内外が荒れることは目に見えていた。どうか、自分とは関係のない場所で揉めてくれと、エリザベスは願う。

ツキリとこめかみに痛みを感じ、指先で押さえた。

いつまで経《た》っても、悩みは尽きそうになかった。

第五章　エリザベスの未来は――

エリザベスは一週間ぶりに職場復帰した。

コンラッド王子はいつもの通りへらへらしながら、話しかけてくる。

「いや～エリザベスさんがいないと仕事が滞《とどこお》ってしまって！」

「殿下《でんか》、本来は召使《めしつか》いに書類仕事を頼《たの》んではいけませんよ」

「そうだった！」

コンラッド王子はぺろりと舌を出し、後頭部を掻《か》く。

けれど、次の瞬間《しゅんかん》には真面目《まじめ》な顔になって、エリザベスに問う。

「提案なんだけど、エリザベスさん、文官の採用試験を受けてみない？」

「わたくしが――？」

「そう。誤字脱字《だつじ》の確認も正確だし、計算も速いし、他の仕事もあっという間に片付けてくれる。きっと、優秀《ゆうしゅう》な文官になると思う。さすが、シルヴェスター君の妹だ」

コンラッド王子の思いがけない提案に、エリザベスは瞠目《どうもく》する。

珍《めず》しく、胸がドキドキと高鳴った。けれど――。

ぎゅっと拳《こぶし》をきつく握《にぎ》り、唇を噛みながら頭《かぶり》を振る。

顔を上げる瞬間に、エリザベスは身代わりの仮面を着けた。

「とても光栄に思います。ですが」

公爵令嬢《こうしやくれいじよう》エリザベスは数ヶ月後に修道院送りとなる。城勤めも長くは続かないのだ。

仮に試験に合格しても、文官となれるのはひと時だけ。すぐに辞《や》めれば周囲にも迷惑《めいわく》がかかる。エリザベスは幼い頃からの夢を目前にして、諦《あきら》めなければならないのだ。

「もうすぐ結婚しますので」

「結婚をして子どもを産んだあとでも、職場復帰してくれる気があるのなら、大歓迎《だいかんげい》なんだけどな～」

「わたくしには、定められた役割がございます」

「そっか～。もったいないなあ」

提案は大変嬉《うれ》しかったとだけ伝えておく。深々と頭を下げたが、奥歯《おくば》を噛《か》みしめ、悔《くや》しい気持ちに苛《さいな》まれていた。

十一時の休憩《きゆうけい》時間。

コンラッド王子は嬉しそうに紅茶とジャムサンドを持って、隣《となり》の休憩室へと移動する。

シルヴェスターと二人きりとなったエリザベスが部屋を出て行こうとすれば、呼び止められた。

「エリザベス、ちょっといいかい」

エリザベスは目を細め、渋々《しぶしぶ》といった感じで振り返り、距離《きょり》を十分取った場所に立つ。

「……あの、もうちょっと、近くに寄れない？」

「これ以上は難しいように思われますわ」

「まあ、いいけれど」

最大限の警戒《けいかい》を見せるエリザベスを前に、シルヴェスターは苦笑《くしよう》する。

この前のことがあったので、不必要に近づかないようにしていたのである。

「それで、なんですの？」

「いや、文官の話、断ってもいいのかなと思って」

今まで、文官になりたいとか、文官をしていた曾祖《そうそ》叔母《しゆくぼ》マリアンナに憧《あこが》れているなど
と、田舎《いなか》の家族以外に話をしたことはなかった。

だから、シルヴェスターに念を押される意味がわからない。

「なぜ？」

「いやだって、書類に向かっている時の君は、とても生き生きしているから」

指摘《してき》されて、エリザベスは驚《おどろ》く。普通《ふつう》にしていたつもりであったが、無意識のうちに感
情が外へと漏《も》れていたようだ。

一気に、頬《ほお》が熱くなるのを感じる。それに気づかれ笑われるかと思ったが、シルヴェスターはからかわず、真面目な様子で話しかけてきた。

「本当に文官になりたいのならば、諦めるのは早いと思うよ」

「諦めるも何も、わたくしは公爵令嬢ではございませんもの」

「そうだけど、身代わりが終わってから、エリザベス・マギニスとして、試験を受けてはどうだろうか？　君の能力はかなりのものだし、もったいないなと思って」

シルヴェスターの話を聞いた瞬間、ドクンと胸が跳《は》ねる。夢を諦めなくてもいいのかと、期待で胸が高鳴ったのだ。

それに、仕事を評価してもらい、嬉しくもなった。

しかし結局のところ、エリザベスには望み通りに過ごす人生など、許されていない。頭を振って、否定する。

「そんなこと、許されるわけがありません」

「そうだろうか？」

「ええ、あなたは楽観的《らつかんてき》過ぎます」

公爵令嬢エリザベスに似た、田舎貴族の娘《むすめ》エリザベス。周囲は混乱するだろう。顔も、性格も、姿形も、以前勤めていたエリザベス・オブライエンに似過ぎていると。

「それに、わたくしは牧場の娘。将来は、経営に携《たずさ》わりたいと考えています」

「なるほどね」

はっきりと述《の》べられた将来設計を聞いたシルヴェスターは、納得《なっとく》したようでそれ以上文官の道を勧《すす》めることはしなかった。

そんな話をしているうちに休憩時間は終わり、コンラッド王子が執務室《しつむしつ》へと戻ってくる。

シルヴェスターは空《から》になったカップをエリザベスへと差し出した。

「紅茶、今日も美味《おい》しかったよ」

エリザベスは無表情で受け取る。茶器をティーワゴンへと載《の》せ、一礼したのちに部屋を出た。厨房《ちゅうぼう》へと繋《つな》がる長い廊下《ろうか》を歩きながら、虚《うつ》ろな目付きで嘆息《たんそく》する。自らの夢を、自らの手で閉ざしてしまった。だがこれは、間違った選択《せんたく》ではないと確信している。

震《ふる》える手を、爪《つめ》を立てたままぐっと握りしめた。

エリザベスは自らの役割を、十分に理解していたのだ。


今日は珍しく、シルヴェスターと帰りが一緒《いっしょ》になる。

エリザベスは不機嫌《ふきげん》な顔で馬車へと乗り込んだ。

「君は、いつになったら私に微笑《ほほえ》みかけてくれるのかな？」

「一生ないかと」

「酷《ひど》いな」

酷いのはどちらだと、恨《うら》みを込めて睨《にら》む。

シルヴェスターはにっこりと笑みを返すばかりで、まったく効果はない。

「……先日のことは、謝《あやま》るよ。君の逃げ道を封《ふう》じてしまった」

「悪いと思うのならば、わたくしを故郷《こきよう》に帰してくださ い」

「申し訳ないけれど、まだ、それはできない。それ以外のことで望むことがあれば、なんでも叶《かな》えよう」

そこまで言うのならば、とんでもない願いを叶えてもらいましょうか。そんな底意地の悪い考えが頭の中を過《よぎ》る。

けれど、シルヴェスターならばどんなことでもスマートにこなしてしまいそうだと思い、やめることにした。もう悔しい思いはしたくないので、仕返しなどはとりあえず忘れて、実用的なことを頼もうと思う。

「でしたら、わたくしに乗馬を教えてくださる？」

「乗馬？　いいけれど、どうして？」

「牧場に帰った時、役立つと思ったものですから」

エリザベスの実家の牧場はひたすらに広い。家畜《かちく》の様子を見るとなれば、徒歩ではいささか厳しいものがあるのだ。

「わかった。今度の休みに教えるようにしよう」

をするように手配

「ありがとうございます」

シルヴェスターの休みは五日後。エリザベスは勤務の日であったが、休めるように手配をすると言う。

「そんなこと、許されますの？」

「大丈夫《だいじょうぶ》。そうでもしないと、休みが合わないし。それに、私がいない時に、コンラッド殿下が君をいいように使いそうで心配だから」

「……ええ、そうですわね」

シルヴェスターの言葉に、内心ギクリとするエリザベス。確かに一度だけ頼み込まれて、重要書類の計算を代わりに算出したことがあったのだ。

相変わらず勘《かん》が鋭《するど》いと、恐《おそ》ろしく思う。

「乗馬服や馬具は？」

「レントンが準備をしてくれましたわ」

「当日を楽しみにしているよ」

「ええ、わたくしも」

表面上はにこやかに約束を交《か》わすエリザベスであった。


――五日後。

朝食を終えたエリザベスは乗馬服に着替えた。

詰襟《つめえり》のシャツに、襟はタイで結ぶ。テールの短い紺《こん》の燕尾服《えんびふく》を着て、下はぴったりと脚《あし》にフィットした白いズボン。最後に、厚手の靴下《くつした》と長靴《ちょうか》を履《は》く。全身のスタイルがはっきりとわかる服装を見て、エリザベスは顔を顰《しか》めた。

最近、公爵家の贅沢《ぜいたく》な食事のせいで、太ったような気がしたのだ。

「お嬢様《じょうさま》、どうかなさいました？」

「ねえ、わたくし、太った？」

「強《し》いて言うとしたら、お胸の辺りが……あ、いや、いいえ。痩《や》せ過ぎなくらいです！」

侍女《じじょ》は早口だったので、エリザベスは言葉の半分ほどしか拾えなかった。

とりあえず、太っていないらしいので、良かったことにする。

髪はサイド編みのお団子《シニヨン》にした。安全帽《ぼう》を被《かぶ》るので、邪魔《じゃま》にならないような髪型に整えられる。

集合時間になるまで優雅《ゆうが》に紅茶を飲んでいると、侍女よりオーレリアの来訪が知らされた。シルヴェスターに乗馬を習うと言ったら、彼女も教わりたいと言い出したのだ。

「ごきげんよう、エリザベス様」

「ええ、ごきげんよう、オーレリア様」

オーレリアの紅茶も用意され、二人はしばし茶と菓子《かし》を楽しむ。

出会いは最悪だったが、案外気が合うこともあって、二人は親しい付き合いをしていた。

「わたくし、乗馬は初めてで」

「私も、昔お父様に乗せてもらって以来なのよ」

「大丈夫かしら？」

そう呟《つぶや》くと、オーレリアはなぜかウッと嗚咽《おえつ》を漏らし目元にハンカチを当てる。そして、落ち着いたかと思えば、エリザベスの元へと回り込み、そっと手を握ってくれた。

「今日一日、エリザベス様のことは私が守るわ」

「え？」

「シルヴェスター様が鞭《むち》で打たないように、目を光らせているから」

「ああ……」

その設定、まだ覚えていたの……とは言えずに、引《ひ》き攣《つ》った顔で礼を言うエリザベスであった。

オーレリアと二人、屋敷《やしき》の裏手にある乗馬用の広場へと向かう。

しばし待っていると、馬舎のほうからシルヴェスターがレントンを伴って、白馬の手綱《たづな》を引いて歩いてきた。彼もまた、乗馬服を纏《まと》っている。そして、右手には乗馬用の鞭。その様子に気付いたオーレリアは、エリザベスを守るように一歩前に進み出た。

「オーレリア様？」

「エリザベス様のことは、必ず私が守るから……！」

どういう反応をしていいかわからず、エリザベスは俯《うつむ》いたまま頷《うなず》くだけにしておいた。

その仕草が、兄の暴力に耐《た》える様子に見えて、オーレリアのさらなる同情を買ったとは、本人には知る由《よし》もない。

シルヴェスターが二人の元へ到着《とうちゃく》する。

手にしていた鞭は、流れるような動作で腰のベルトへと差し込まれた。

連れていた白馬は、長い睫毛《まつげ》を瞬《まばた》かせながらぶるりと鼻を鳴らす。小柄《こがら》ながら筋肉はしっかりとついており、光沢《こうたく》のある美しい馬体に、サラサラとした絹のような鬣《たてがみ》。ぱっちりとした目は、エリザベスのほうへと向けられていた。敵対心などはない、穏《おだ》やかな雰囲《ふんい》気《き》の馬である。

一歩前に出ていたオーレリアに、シルヴェスターは話しかけた。

「君は確か、ブラットロー伯爵家《はくしやくけ》の――」

「オーレリアですわ」

「はじめまして、オーレリア嬢。お会いできて光栄です」

シルヴェスターは自ら名乗ると、被っていた帽子《ぼうし》を脱《ぬ》いで脇《わき》に抱《かか》え、品のあるお辞儀《じぎ》をした。オーレリアは手《て》の甲《こう》へのキスを拒否《きよひ》するかのように腕を背中へ回し、軽く膝《ひざ》を折る程度のそっけない挨拶《あいさつ》を返す。

シルヴェスターはその態度に、一瞬《いっしゅん》戸惑《とまど》うような表情を浮《う》かべたが、すぐにいつもの笑みを浮かべて話しかけた。

「オーレリア嬢も乗馬は初めてで？」

「ええ」

「そうですか。では基本から説明をしましょう」

シルヴェスターは乗馬未経験の女性二名に、手順を教える。

「まずは馬との接し方からなんだけど」

馬の性質は穏やかで大人しい。けれど警戒心が強いため、注意が必要。

「背後から近づくのは危険だ。馬の視界は三五〇度見渡すことができるので、怪《あや》しい動きをしていれば、後ろ足で蹴《け》られてしまう」

よって、接近する時は前方から。警戒心を解くために優しく語りかけることも大事だという。

「リズ、馬――シャロンに話しかけてごらん。女の子だから、優しくね」

「わかりました」

白馬の名前はシャロン。エリザベスは少しだけ近づき、優しい声で話しかける。

「……ごきげんよう、シャロン様」

その一言を聞いたシルヴェスターは笑い出す。

　エリザベスはムッとして、ジロリと睨みつけた。

「ご、ごめん。どこぞのご令嬢に話しかけているようだったから」

「少し、黙っていてくださる？」

「ああ、すまなかった」

　気を取り直してもう一度、優しい声色で話しかける。普段《ふだん》とは違う態度がシルヴェスターにはおかしくて堪《たま》らないようで、肩を震わせていた。エリザベスは無視して、白馬シャロンとの親交を図《はか》る。

　昨日読んだ本に、馬の機嫌は耳でわかると書いてあったことを思い出す。耳をぺたんと伏《ふ》せている時は警戒、耳を後ろに倒している時は恐怖《きょうふ》を覚えている。ピンと立って正面を向いている時は、大きな音を出さなければ驚かせることはない。

　シャロンの耳はエリザベスに向いており、様子も落ち着いていた。

「リズ、そろそろ触れてみようか」

　シルヴェスターはシャロンにニンジンを与え、背をポンポンと叩《たた》いていた。

「左からゆっくり近づいてみて」

「わかりました」

　馬を驚かせないように、なるべく静かに近づいていく。シャロンはエリザベスの実家の馬とはまったく違った。体は小柄で大人しく、品のある美しい馬だ。

牧場の馬のように、地面を蹴って脅《おど》すこともしないので、安心して近寄ることができる。

そして、手のひらに馬の大好物である角砂糖を載せ、口元へと差し出した。

馬は甘《あま》い物が好物で、中でも角砂糖が大好きなのだ。

シャロンはふんふんと匂《にお》いを嗅《か》ぎ、角砂糖をパクリと食べる。

警戒している様子はないので、首や背を優しく撫《な》でた。

オーレリアも同様に、シャロンと接する。

人見知りをしない馬だったので、上手《うま》く触れ合うことができた。

次に、馬の背中に跨《また》がる。

シルヴェスターはひと通り説明してから実際に跨ってみせた。エリザベスは苦労の末、騎乗《きじょう》することに成功し、体を動かすことが得意なオーレリアは一発で跨ることができた。

それから歩行、走行と習う。

エリザベスは歩行だけでいっぱいいっぱい。オーレリアは短時間でコツを掴《つか》み、馬と共に颯爽《さっそう》と駆《か》けていた。

そうこうしているうちに、あっという間に昼となる。

エリザベスは体のあちこちが痛んで悲鳴をあげていたが、弱みを見せまいとなんともないふりをしていた。

一方、オーレリアはすっかり乗馬が気に入ったようで、先ほどから何周もコースを駆けている。こうして、四時間にもわたる乗馬教室は終了した。

オーレリアは背伸《せの》びをしつつ、満足そうに笑う。

「ああ、とても楽しかった」

「それはそれは、良かったですわ」

「エリザベス様は？」

「わたくしも……楽しかったです」

心にもないことを口走るエリザベス。馬のシャロンは可愛《かわい》いが、体のあちこちが痛むし、馬上は思っていた以上の高さがあって恐ろしく、少し乗っただけなのに疲労困憊《ひろうこんぱい》であった。

自分に乗馬は向いていないと、すでに結論づけている。

オーレリアにとってシルヴェスターは良い教師だったようで、出会った当初の険悪な感じはほとんどなくなっている。けれど、エリザベスを守るという目的は忘れていないようで、必要以上の接近は許さなかったようだ。

オーレリアと別れ、シルヴェスターと屋敷に戻る。

「乗馬は、どうだった？」

シルヴェスターより質問を投げかけられ、エリザベスは険《けわ》しい顔で振り返る。

「楽しんでいたように見えて？」

「いいや、あんまり、ね」

シルヴェスターが心配して、何度か声をかけようとしていたのには気付いていた。だが、やはり弱みを見せまいと鋭い眼光を投げつけて、黙らせていたのだ。

「まあ、慣れたら、わたくしにだって、乗馬くらい」

「君は、本当に負けず嫌いだね」

「ええ、そうですの」

「では、また今度、誘《さそ》っても？」

乗馬など二度とごめんだと思った。けれどここで断ったら、負けたような気分になる。なので、エリザベスは強がりを口にした。

「いつでも、受けて立ちますわ！」

宣言を聞いたシルヴェスターは、目を丸くしてポカンとする。が、次の瞬間には噴《ふ》き出《だ》し、笑い始める。

「あ、あなたって人は、わたくしが真面目に話をしているのに」

「違う、ごめん。なんだか、可愛くて、つい……」

この人はまた、わけのわからないことを言い出した。エリザベスは腹を抱えて笑うシルヴェスターを玄関《げんかん》に放置して、自分の部屋に戻ったのだった。


昼食後。

シルヴェスターは珍しく眉間《みけん》の皺《しわ》を揉《も》んでいた。

「どうかなさって？」

「いや、昨晩、よく眠れなくて」

「そう」

寝不足《ねぶそく》なのに、シルヴェスターは乗馬を教えてくれたようだ。仮眠したらどうかと勧めてみたが、首を横に振る。今日中に終わらせなければならない公爵家の仕事があるらしい。

「何か、お手伝いすることは？」

「いや、大丈夫——あ」

何かあるのかと、じっとシルヴェスターの顔を見る。

「あとで、紅茶を一杯淹れてくれると、その、嬉しい」

無理にとは言わないと、付け加えられる。

「いいえ。それくらいでしたら、いくらでも」

アフタヌーンティーの時間に、エリザベスはシルヴェスターに紅茶と菓子を用意した。

「ありがとう。本当に、淹れてくれたんだね」

「別に、たいしたことではございませんので」

シルヴェスターは紅茶を一口飲んで、にっこり微笑む。

「うん、やっぱり君の淹れた紅茶が一番美味しい」

そんなふうに褒《ほ》められたら、悪い気はしない。

「気が向いた時でよければ、家でも淹れてあげてもよろしくてよ」

エリザベスは上から目線で言った。

「ありがとう、エリザベス」

そう言って、シルヴェスターは嬉しそうに微笑んだ。それは、いつもの腹黒さを感じない、心からの笑みのように思えた。


夕方、エリザベスは書斎《ライブラリ》から持ってきていた本を読み進める。

それは、数百年前に発行された時禱書《じとうしょ》であった。普段は読まない分野だったが、金の留め金がついた豪華《ごうか》な装丁《そうてい》だったので、思わず手に取ってしまったのだ。内容は美しい絵と共に詩や、祈禱文《きとうぶん》が書かれているもので、エリザベスが興味を引くような歴史背景などの記述《きじゅつ》は一切ない。

余計な情報はほとんど書かれていない、宗教本であった。

パラパラと流し読みをしていると、途中《とちゅう》に何か挟《はさ》まっていることに気付く。

それは、金髪《きんぱつ》の女性が描《えが》かれた肖像画《ポートレート》だった。持ち上げてみれば、裏面《うらめん》に【愛《いと》しのセリーヌ】と書かれてあった。日付は今からちょうど二十年前。

もう一度、裏返して女性の姿絵を見る。

「——え？」

思わず、驚きの声をあげてしまった。

改めて見た女性の絵は、叔母《おば》セリーヌに似ていたのだ。もう一度、裏面の名前を確認する。間違いなく【愛しのセリーヌ】と書かれてあった。

もしかしなくても、これはエリザベスの叔母の若かりし頃が描かれた絵になる。二十年前といえば、すでにブライトン伯爵家へ輿入《こしい》れしているはずだ。

なぜ、絵姿が公爵家にある書斎の本に挟まれていたのか。

収集された本のほとんどは、公爵が買い集めたものだと言っていた。

前の持ち主が、絵を挟んだまま売ってしまった可能性もある。

それか、公爵と伯爵の間で貸し借り、もしくは本を譲渡《じょうと》されたか。

どちらにせよ、誰《だれ》かに聞くことなどできない。

公爵の狡猾《こうかつ》そうな表情を思い出しながら頭の中に浮かんだ邪推《じゃすい》——セリーヌと公爵が不《ふ》倫《りん》関係だったかもしれない——は忘れることにした。

絵は本にしっかりと挟み直し、封印《ふういん》するかのように留め金を閉じる。

深い溜息《ためいき》を吐《つ》き、本日の読書はやめることにした。

翌日、エリザベスは早朝から宮殿《きゅうでん》に出仕する。

シルヴェスターは会議に出るようで、珍しくバタバタとしていた。

コンラッド王子はのんびりと書類を捲《めく》っており、相変わらずの通常営業。

会議十分前となり、シルヴェスターは部屋を出ようとする。が、ピタリと扉《とびら》の前で立ち止まり、振り返ってコンラッド王子に今日のノルマを告げた。

「殿下、私が帰ってくるまでに、書類の半分は処理しておいてくださいね」

「ええ〜できるかなあ……」

王子の反応に、厳しい視線を向けるシルヴェスター。一瞬、部屋の空気が凍《こお》りついた。

その冷ややかな反応に気付かないほど、王子も鈍感《どんかん》ではない。

「う〜ん。わかった、頑張《がんば》るよ。なるべくね」

「よろしくお願いいたします」

続いて、シルヴェスターは呼びかける。

「リズ」

「なんですの？」

「大人しく、いい子にしているんだよ」

その言葉に「はあ？」と言いたくなったが、王子がいる手前、ぐっと我慢《がまん》した。返事はせずに、早く行けと手を振って追い出す。

シルヴェスターがいなくなった途端《とたん》、コンラッド王子は書類の束を持ち上げ、小首を傾《かし》げてみせた。

「エリザベスさん、お願い。これ、手伝って？　シルヴェスター君が帰ってくる前に終わらせないと、僕、すっごく怒《おこ》られちゃう」

「殿下、そちらは、重要機密《きみつ》書類では？」

「そうだけど、絶対一人じゃ間に合わないし……。エリザベスさんは知らないと思うけど、シルヴェスター君、怒ると怖《こわ》いんだ！」

存じております、という言葉は呑《の》み込《こ》んだ。

「一生のお願い！」

以前シルヴェスターに釘《くぎ》を刺《さ》されていたのを思い出す。文官ではないエリザベスが機密書類を扱うことは、危険が伴《ともな》うと。

「お願い、エリザベスさん！　お願～い」

どうしても手伝ってほしいと懇願《こんがん》される。

王族の命令は絶対。エリザベスはそう自らに言い聞かせ、渋々書類を受け取った。

十一時前、エリザベスは一旦《いったん》ペンを置き、イレブンジズの準備をしに行く。厨房は相変わらずの大混雑であったが、そこはもう慣れたもので、素早《すばや》く菓子を確保し、湯の列に並んだ。手早く紅茶の葉をポットに入れ、布製カバー《ティーコジー》を被せて蒸《む》らす。

「エリザベスさ～ん！」

懐中時計《かいちゅうどけい》を片手に蒸らす時間を計っていると、そばかす顔のチェルシーが近づいてきた。菓子の盛りつけを覗《のぞ》き込《こ》み、今日も素晴《すば》らしいと褒めそやす。

「あなた、こんなところで油を売っていていいの？」

「お勉強ですので！」

手帳を持って盛りつけをスケッチするチェルシーは、エリザベスのことを手本にしたい女性だと言う。

「というか、憧れですね」

「お世辞を言っても何も出ませんことよ」

「違いますって。本当なんです！」

チェルシーはエリザベスのことを、凜《りん》としていて品があり、仕事もできる素晴らしい女性だと熱く語る。それは、世間で噂《うわさ》されていた公爵令嬢エリザベスの評判とは、まったく違う人物像であった。

「私、エリザベスさんみたいな方にお仕《つか》えしたかったです」

チェルシーが仕えているのは、第六王子の妻である。隣国《りんごく》からやってきた姫君はたいそう我儘《わがまま》という噂だった。周囲の使用人達が苦労しているという話は、宮殿中に知《し》れ渡《わた》っている。

「わたくしも、あなたがお仕えしている方のように我儘な女ですわ」

「そんなことないです。エリザベスさんは、素敵なお嬢様です」

エリザベス・マギニスとしては嬉しい言葉も、エリザベス・オブライエンとしてはまったく嬉しくない。

上手く演じきれていないのだとわかり、はあと盛大《せいだい》な溜息を吐いてしまう。

その反応を見て、チェルシーは謝った。

「お気を悪くさせてしまったようで」

「いいえ、あなたは何も悪くありませんわ」

「ごめんなさい。でも、憧れている気持ちは本当なので。……すみません、お仕事の邪魔をして」

会釈《えしゃく》をして去りゆくチェルシーの後ろ姿を、エリザベスは切なげに見送ることになった。

イレブンジズの時間、コンラッド王子はいつものように休憩室で茶を飲む。エリザベスは机で、もう少しで片付く書類に手をつけていた。すると、扉が叩かれ、返事もしないうちに開かれる。

「すみません、急ぎの用事でして――」

やってきたのはユーインだった。シルヴェスターの席に座り、書類にペンを走らせていたエリザベスを見て、目を見開く。

「エリザベス嬢、あなたは、いったい何を――」

ユーインはつかつかと近づき、エリザベスの書きかけの書類を取り上げた。

エリザベスは慌《あわ》てて立ち上がり、書類に手を伸ばすが、摑もうとした寸前《すんぜん》で届かない高い場所へと持ち上げられてしまう。

ユーインは目を眇《すが》めながら紙面を確認し、シルヴェスターが処理した書類も手にする。互いの書類を見比べ、眼鏡《めがね》のブリッジを指先で押し上げた。それから、呆《あき》れたように問う。

「シルヴェスターの指示でこのようなことを？」

「い、いいえ」

エリザベスは珍しく、動揺《どうよう》で声を震わせる。いつもならば、扉は施錠《せじょう》していた。けれど、今は休憩時間であり、コンラッド王子が部屋の外にいたので、内鍵《うちかぎ》をかけては失礼にあたると思ったのだ。

自らの不注意を反省する。

「では、コンラッド殿下ですか？」

沈黙《ちんもく》は肯定《こうてい》を意味する。

気まずく顔を逸《そ》らすエリザベスに、ユーインは呆れた視線を投げかけていた。眼鏡のブリッジを軽く押し上げ、首を横に振る。

「いくら王族に頼まれたからといって、文官でない者が書類に触れてはいけません。見つかったのが私でよかったですね。もしも、監査局《かんさきょく》の者であったら、厳しく処罰《しょばつ》されていたでしょう。コンラッド王子を含め仲良く三人でね」

エリザベスは黙ったまま、俯いていた。いつもの勢いはまったくない。

その様子に鋭い視線を向けていたユーインが、腕組みをする。

「やはり、あなたに関する悪い噂はすべてデタラメですね」

「そんなこと――」

エリザベスは弾《はじ》かれたように顔を上げた。

「あります。あなたは、気位が高く、多少険《けん》のある感じもしますが、教養深《きょうようぶか》く誇《ほこ》り高《たか》い、ごくごく普通の、貴族女性です。あなたが、男と取《と》っ替《か》え引《ひ》っ換《か》え付き合っていたなど、ありえない」

ユーインの思いがけない評価に、エリザベスはカッと頬を染める。

じわじわと浮かび上がる感情は、怒《いか》りと焦燥《しょうそう》と恥じらいと。

自分のことながら、わけがわからない状態になっていた。

「それにしても、驚きました」

エリザベスが書いていた書類の文字はシルヴェスターのものとほぼ変わらない。筆跡《ひっせき》を真似《まね》、内容も正確に処理していたのだ。

「もともと博識《はくしき》な方だとは思っていましたが、これほどだったとは……家庭教師はどちらの先生に師事《しじ》されたのでしょう？」

ユーインの質問に、エリザベスは奥歯を噛みしめる。

その辺の設定は考えていなかったのだ。

「それはいいとして、わざわざ悪評《あくひょう》を流す目的を理解しかねます。あなたをねたむ誰かに流されたのかとも思いましたが、そうであったら、あなたが噂を認める理由が説明できない。それに、現に押しかけてきた元恋人という男の存在を、どう捉えたらいいのか……」

エリザベスはユーインに徹底的《てっていてき》に追い詰められていた。

どうしよう――エリザベスは悩む。

今ここで助けを求めたら、ユーインは伸ばした手を受け取めてくれるだろうか？　それとも、侮蔑《ぶべつ》の視線を向け、突き放すのか。

まだ、そこまで付き合いが深いわけではない。エリザベスにはわからなかった。言うべきか、言わざるべきか。どちらにせよ、危機であることに変わりはない。

ユーインは説明を促《うなが》す。

「エリザベス嬢」

「わ、わたくしは――」

何か言おうとしたその時、執務室の扉が開く。

「おや？」

やってきたのはシルヴェスターであった。

向かい合う二人を不審《ふしん》に思ったのか、すっと目を眇める。

「ユーイン、ここで何を？」

「書類を届けに」

「そう。でもなんで、そんなにエリザベスにくっついているのかな？」

「婚約者ですから」

「でも、エリザベスは怯《おび》えているよ」

指摘されたユーインはハッとして距離を取った。

「ユーイン、書類というのは？」

「こちらに」

「ありがとう。机の上に置いてくれるかな？」

「急ぎですので、今、署名をいただきたいのですが」

「わかった」

シルヴェスターはユーインの脇を通り過ぎ、ぼんやりと佇《たたず》んでいたエリザベスの肩を抱いて執務机の近くまで誘導《ゆうどう》する。

「ユーインが何か怖いことを言ったのかな？　可哀想《かわいそう》なエリザベス」

ユーインは眼鏡のブリッジを押し上げ、呆れたように言う。

「シルヴェスター、ふざけないでくれますか？」

「ああ、悪かったね」

シルヴェスターは席につき、書類に目を通すと、署名をしてユーインへ突《つ》き返《かえ》す。

「待たせたね」

「いいえ。ありがとうございます」

差し出された書類を素早く手に取り、ユーインは一歩下がる。

シルヴェスターの視線はすでにユーインにはなく、俯くエリザベスに注《そそ》がれていた。彼女の白い指先を包み込むように握り、どうしたのかと、優しい声色で聞いている。

普段のエリザベスであれば、すぐさま振り払いそうなところだが、されるがままになっていた。

傍《はた》から見たら仲睦《なかむつ》まじい兄妹《きょうだい》の様子にすぎないが、ユーインはなぜかムッとする。

「シルヴェスター」

「おや、ユーイン、まだいたのかい？」

「ええ。お願いがありまして」

「何かな？」

「よろしければ、夜、三人で食事でも、と」

ユーインは「聞きたいことが山ほどあるので、是非《ぜひ》とも一緒に食事を」と誘う。

「いいよ。なんでも答えよう」

シルヴェスターは余裕《よゆう》たっぷりの笑顔で返事をした。


「——エリザベス！」

シルヴェスターに大きな声で名前を呼ばれ、ハッと我に返るエリザベス。

気がつけば手を握られ、心配そうに顔を覗き込まれていた。

慌てて掴まれていた手を振り払う。

すると、シルヴェスターはホッとしたように呟いた。

「良かった。いつものエリザベスに戻った」

「はあ？」

どういう意味かと訊《き》こうとしたが、いつの間にかユーインがいなくなっていることに気付く。シルヴェスターがいつ戻ってきたかも曖昧《あいまい》だった。考えごとをしていたので、周囲が見えていなかったのだ。

「そんなことよりも、あの人、ユーイン・エインスワーズに正体がバレそうになって——」

「そう。案外早かったね」

エリザベスが今まで深刻に悩んでいたことを、シルヴェスターはさらりと受け流す。絶《ぜつ》体絶命《たいぜつめい》の危機に、なんと呑気《のんき》なことを言っているのかと、信じられない気持ちになった。

「状況《じょうきょう》を理解していますの？」

「大丈夫だよ、エリザベス。ユーインは公爵家の身内だ。真実を知っても、悪評に繋がることは口外《こうがい》しない」

仮に身代わりをバラすと言われても、エインスワーズ家など、潰《つぶ》せる。身代わりが露見《ろけん》しても、伯爵家の存続と天秤《てんびん》にかければ、この問題に口出しできなくなる。だから、安心するようにと説《と》き伏《ふ》せられた。

「あなた——最底ですわ。随分《ずいぶん》と前から思っていましたが」

「そうだね。否定はしないよ」

エリザベス渾身《こんしん》の侮蔑も、シルヴェスターには効《き》かない。しれっとしたものだ。

「そもそも、あなたは何を考えていらっしゃるのかしら？　最終的な目的はなんですの？」

「公爵家の名誉《めいよ》を守ること、かな」

「ではなぜ、妹——エリザベスを長い間野放しにしていましたの？」

「それは……」

公爵家の名誉を守りたいならば、エリザベスの夜遊びをしっかり止めさせるべきだった。そう強く指摘すれば、シルヴェスターは不愉快極《ふゆかいきわ》まりない表情になる。普段は絶対に見せない、余裕のない顔つきだった。

エリザベスは思ったことを、そのまま口にする。

「あなた、エリザベス・オブライエンが、お嫌《きら》い？」

刹那《せつな》、視線が交わる。虚《きょ》を衝《つ》かれ、見て取れるほどに動揺していた。

間違いない。シルヴェスターは血の繋がらない妹、エリザベスを嫌っている。

「エリザベスと、何かありましたの？」

「それは……言えない」

エリザベスも深く追及しなかった。興味はあったが、公爵家の事情に深く踏み込めば、逃《のが》れられない泥沼《どろぬま》に嵌《はま》ってしまうような気がして、それ以上聞くのをやめたのだ。

「エリザベス、それはそうと、今晩ユーインと三人で夕食に出かけることになったよ」

「なんですって？」

「だから、今日は先に帰って、身支度《みじたく》をしてくるといい」

いったい、どういう話の流れでそういうことになったのか。

エリザベスは眉《まゆ》を顰《ひそ》め、こめかみを押さえる。

「身代わりの件に関しては、上手く誤魔化《ごまか》そうと思っている」

「そんなこと、できますの？」

「得意だからね、そういうことは」

エリザベスは確かに、と内心で思う。

まだ文句《もんく》は言い足りなかったが、コンラッド王子が戻ってきたので、会話は中断された。

夜――とある会員制の料理店にて、三人の若者が優雅に食事をしていた。

一人はとても美しいご令嬢。ピンクブロンドの髪をハーフアップにしており、耳元には真珠《しんじゅ》の飾《かざ》りが輝《かがや》く。ドレスは詰襟で、体の線に沿った形。細身の令嬢によく似合っていた。

もう一人は華《はな》やかな容貌《ようぼう》をしたプラチナブロンドで翠眼《すいがん》を持つ男性。年頃は三十前。前髪はきっちりと後ろに撫でつけており、紳士《しんし》の見本のような品のある雰囲気であった。

そしてもう一人は黒髪に長身の、二十歳《はたち》を過ぎたくらいの青年。他の二人に比べて地味ではあるが、銀縁《ぎんぶち》眼鏡の向こうにある青い目はとても美しく、顔も十分過ぎるほどに整っている。加えて、真面目で誠実そうな印象があった。

個室にて食事をする麗《うるわ》しい三人組に、給仕《きゅうじ》は緊張《きんちょう》しながら配膳《はいぜん》をしていた。

まるで絵画のような光景に、何度も目を瞬かせ、夢か現《うつつ》か確認しながら、デザートまで失敗することなくきっちりと配膳し、食後の紅茶を運ぶ。

以降、呼び出しがあるまで部屋には立ち入らないように言われた。

給仕が出て行った部屋では、三者三様の顔つきとなっていた。

エリザベスは眉間に皺を寄せ、険しい表情をしている。

シルヴェスターは朗《ほが》らかに微笑み、ユーインは無表情でいた。

最初に口を開いたのは――。

「さて、ユーイン、お待ちかねの時間だ。質問をどうぞ」

「……そうですね」

まず最大の謎《なぞ》である、エリザベスの奔放《ほんぽう》な人物像について聞いてきた。

「あの噂は、嘘《うそ》ですよね？」

「いや、本当だよ。君も会ったんだろう？　リズの恋人に」

「それはまあ、確かに」

ユーインはエリザベスの元恋人、ブレイク伯爵に文句を言われ、食事をしているところに押しかけられたことがある。それは、揺《ゆ》るぎない事実であった。

「ですが、信じられません。実際に彼女は聡明《そうめい》で、賢《かしこ》い人です。とても、男遊びをするようには――」

「私は、婚約パーティーの前日にリズにお説教をしてね。それでこの通り、いい子になったんだよ」

「それも嘘ですね」

ユーインははっきりと言い切った。

シルヴェスターは肩を竦《すく》め、「困ったな」とぼやいた。

「考えたのは、ここにいるエリザベスと公爵令嬢エリザベス・オブライエンが別人だということです。噂が嘘だったことよりも、ありえない話ではありますが」

「リズが偽物《にせもの》だって？　それは面白《おもしろ》い推理《すいり》だ」

空想《くうそう》の世界ではあるまいしと、ユーインの言葉を軽く受け流すシルヴェスター。ごくごく自然に目の前で繰《く》り広《ひろ》げられる腹芸に、エリザベスはある意味感心していた。

ユーインの尋問《じんもん》は続く。

「思い返せば、以前見たエリザベス嬢とは大きく違っている気がするのです」

「リズを、どこかで見たのかい？」

「はい。あれは、どこの社交場だったか……確か、二年前くらいだったかと」

エリザベスははんなりと男の膝にもたれかかり、頬を紅潮させ、周囲の者達を誘惑《ゆうわく》するような目つきをしていたのだ。

「今まで記憶《きおく》があやふやだったのですが、今朝の件をきっかけに思い出しました」

「見間違《みまちが》いでは？」

「まあ、その可能性もあります。あまりにも、過去と現在では、雰囲気が違い過ぎるので」

「だろうね」

シルヴェスターは余裕たっぷりな様子で、質問は以上かと問いかける。

「まだ、先ほどの質問の答えに、納得していません」

「そうか。残念だよ、ユーイン」

「何を……？」

今まで笑みを絶やさなかったシルヴェスターが、急に真面目な顔つきになる。そして、驚くべきことを言い放った。

「妹との結婚は諦めてもらおう」

「それは――！」

なぜだという問いかけに、シルヴェスターは答える。

「リズが、君は口うるさいから、結婚したくないと言っているんだ。もちろん私は反対したのだけどね」

話し合いをして、ユーインもエリザベスに不満を持つようであれば、婚約は解消しようという結論になったと告げる。

「簡単に、婚約をなかったことにするなんて、できるわけが――」

「幸い、ユーインの実家はうちとは親戚《しんせき》関係にある。なんとか穏便《おんびん》に済ませるから、心配はいらない。それにね、リズは本当に困った子でね」

ここで、シルヴェスターの考えた嘘が語られる。ユーイン相手に通じるのか心配であったが、この場は任せるしかない。

「実は、また別に好きな人ができたというんだ。困った娘だろう？」

ユーインは信じられないといった顔で「本当ですか？」と問いかける。

「ええ、本当ですわ」

エリザベスはユーインの目を見て、はっきりと言い切った。

演技ができているかどうかはわからない。けれど、堂々としていたら大丈夫だというシルヴェスターの言葉を信じ、実行するしかなかった。

「残念なことに人はね、簡単には変わらないんだよ。この通り、私の妹は自由奔放だ。修道院にでも入れて、監視《かんし》をつけなければいけないかもしれない」

「なっ……！」

ユーインの追及《ついきゅう》を浴びる前に、エリザベスは顔を伏せた。

嘘を吐いていることに、胸を痛める。

人を騙《だま》すということは、こんなにも辛《つら》い気持ちになるのだ。家族を助けたかったからといって、簡単に引き受けていいものではない。もう二度と、このようなことをしてはならないと、エリザベスは胸に刻む。

シルヴェスターは、「細かいことはこちらで決めるから」と言って席を立つ。

「さあリズ、帰ろう」

「……ええ、お兄様」

シルヴェスターが踵《きびす》を返した瞬間に、エリザベスはユーインに向かってドレスの裾《すそ》を摘《つ》まみ、軽く膝を折って頭《こうべ》を垂れた。

もう二度と会えないかもしれないと思い、淑女《しゅくじょ》の礼をしたのだ。

顔を上げた時、ユーインと目が合う。責めるような強い視線であった。

酷いことをしているとはわかっている。最初から仮初《かりそめ》の関係だったのだ。そうわかっているのに、胸がツキリと痛む。

エリザベスとユーインは、無言のままで見つめ合っていた。

「リズ」

名前を呼ばれ、早足でシルヴェスターを追う。

「……いけない子だね」

シルヴェスターはそう呟き、エリザベスの腰に腕を回して引き寄せた。

店から出たところで、エリザベスはシルヴェスターの手の甲の肉を、「何をするんだ！」というメッセージを込めて渾身の力で抓《つね》る。

だが、ダメージはなかったようで、顔色一つ変えなかった。

「あなたのそういうところ、大嫌いですわ」

シルヴェスターだけに聞こえるような声で囁《ささや》いたら――。

「私はエリザベスのそういうところ、大好きだよ」

そんな言葉が返ってきて、脱力《だつりょく》することになった。

第六章　追い詰められるエリザベス

それから数日。

毎日のようにエリザベスにはユーインからの手紙が届いていたが、読まずに机の中へしまっていた。正体を怪《あや》しまれている以上、接触《せっしょく》は避《さ》けるべきだというのがシルヴェスターと話し合った結論である。

家にも何度か来ていたようだが、エリザベスは引きとってもらうように使用人に命《めい》じていた。

職場ではもう一人侍女《じじょ》を増やし、移動する時は常にその侍女と二人で行動するようにしている。

「ああ、でも、本当に夢みたいです！」

新しい侍女は、厨房《ちゅうぼう》でよく話していたチェルシーであった。

エリザベスが彼女を指名したのである。

チェルシー・リンメル、十四歳。実家は絨毯商《じゅうたんしょう》で、極《きわ》めて裕福《ゆうふく》な家庭で育つ。三ヶ月前に行儀見習《ぎようぎ》いとして宮殿《きゆうでん》にあがってきた。

公爵家《こうしやくけ》とも付き合いのある商家の娘《むすめ》だったので、案外すんなりと許可が出たのだ。明るいチェルシーのおかげで、職場もいくぶん明るくなった。偽《いつわ》りだらけの生活の中で、いつしか彼女はエリザベスの清涼剤《せいりようざい》となっていた。

——それからさらに、半月後。

手紙も途絶え、ユーインはエリザベスへの接触をすっかり諦《あきら》めたようだった。ホッとしたものの、どこか寂《さび》しい気持ちにもなる。だが、そんな複雑な感情は押し隠し、今日も仕事に打ち込むことで忘れようとしている。

アフタヌーンティーの時間となり、エリザベスはチェルシーを伴《ともな》って厨房に向かう。途《と》中《ちゆう》、前方よりユーインが歩いてきた。

二人は通路の端《はし》に避《よ》け、通り過ぎるのを待ったのだが、エリザベスの存在に気付いたユーインが歩みを止める。

じっと、熱い視線を向けられ、エリザベスは低い声で問う。

「——何か、ご用でしょうか？」

「ゆっくり、話をしたいのですが」

「わたくし、忙しいので」

会釈《えしやく》をしてその場から去る。チェルシーもお辞儀《じぎ》をして、小走りであとを追った。厨房にて、茶を蒸《む》す間に、チェルシーはエリザベスに話しかける。

「さっきの文官さん、ユーイン・エインスワーズさんですよ。びっくりしました」

「彼が、何か？」

「女性達の間で、『難攻不落《なんこうふらく》の要塞男《ようさいおとこ》』と呼ばれているんです。その要塞さんに話しかけられるなんてすごいです！」

どんな美人が声をかけても誘《さそ》いに応《おう》じず、社交場にもめったに顔を出さない真面目《まじめ》で清《せい》廉潔《れんけつ》白《ぱく》な男。若手の文官の中でも期待の出世頭《しゅっせがしら》で、結婚相手に持ってこいだが、実家は公爵家の分家とあってよほどの家柄でないとつりあわないと噂《うわさ》されてきたらしい。

「ユーインはわたくしの婚約者ですの」

「あ、そういえば、婚約したって話、聞いていました！」

「ええ。今、喧嘩《けんか》していて」

「そうだったのですね。でも、意見を言い合えるのはいいことですよ。納得《なっとく》するまで話し合ってこそ、互いを理解していくんです」

最初から上手《うま》くいく人間関係なんてない。これは両親の受け売りですがと、チェルシーは話す。

「本当に、その通りですわ」

「はい！」

喧嘩をして、意見をぶつけ合い、結果、互いを理解する。

だがそれは、エリザベスが本物のエリザベス・オブライエンであった場合だ。

エリザベス・マギニスという個人は、ユーインと互いに向き合い、真剣《しんけん》に人となりを理解してもらえる場所には立てないのだ。

今しがた見た縋《すが》るような目を思い出し、エリザベスの胸はざわついた。

ユーインはエリザベスとの対話を諦めたわけではないように見えたのだ。しかしそれは気のせいであると、自らに言い聞かせる。

美味《おい》しそうな紅茶と菓子《かし》を、憂鬱《ゆううつ》な気分で運ぶことになった。


夕刻。退勤時間となり、チェルシーと共に馬車乗り場へ向かう。

「今日も楽しかったです！」

「それは結構なことですわ」

無邪気《むじゃき》なチェルシーのおかげで気が紛《まぎ》れるのは確かだ。エリザベスは彼女の態度を微笑《ほほえ》ましく思う。

「――あ！」

「どうかなさって？」

「お菓子用の鞄《かばん》を休憩室《きゅうけいしつ》に忘れてしまいました。取りに行きますので、先に帰っててください」

チェルシーは毎日家から菓子職人お手製のおやつが入った鞄を持ってきているのだ。それがないと困ると言う。

「では、また明日！」

言うなり、チェルシーは風のように走り去ってしまう。エリザベスは仕方なく一人で馬車乗り場へと急いだのだが――。

曲がり角で突然《とつぜん》腕《うで》を掴《つか》まれ、焼却場に引き込まれる。ガチャリと施錠《せじょう》する音が聞こえて、ゾッとした。驚《おどろ》くほど手際《てぎわ》が良かった。

「よかったです。やっと、一人になってくれて」

振り返った男は、ユーインであった。

「あなた……！」

「二人きりでお話ししたいと思っていました。手荒《てあら》な真似《まね》をして、申し訳ありません」

いまだエリザベスは、連れ込まれた動揺《どうよう》が収まっておらず、胸は嫌《いや》な感じにドキドキしていた。冷静な彼がこんなことをするのはよほどの覚悟《かくご》だろう。なんとか、言葉を振《ふ》り絞《しぼ》ってみる。

「お話しすることなんて、ございませんわ。お兄様から、わたくしのことはお聞きになっているでしょう？」

「ええ、そうですね」

エリザベスは毎夜、父親や使用人の目を掻《か》い潜《くぐ》って屋敷《やしき》を飛び出し、男と密会《みっかい》している。昼間は職場で見張っているが、夜はどうにもならない。まったく言うことを聞かないので、こうなったら修道院送りにするしかない。それが、シルヴェスターの話す最近のエリザベスであった。

「あなたとこうしている時間も惜《お》しいですわ。わたくしはこれから――」

「読書でしょう？」

男に会いに行く。そう言おうとしたのに、屋敷に引きこもって本を読むという事実を言い当てられてしまった。

「どうして……そう、思いますの？」

「少々調べさせていただきました。昨日の昼、あなたの家の使用人が、書店に本を買いに行っています。届け先の名義《めいぎ》は、すべてあなたでした」

ユーインは探偵《たんてい》が調べた情報だと、悪びれもせず話す。

「地域経済の本に経済系の論文が書かれた研究書、ミクロ経済学のノウハウに、金融論《きんゆうろん》。随分《ずいぶん》と専門的な本ばかり、好まれるのですね」

侍女に頼《たの》んでいた本がすべてバレていた。探偵が調べ上げたのは、それだけではないのだろう。話を聞きながら、エリザベスは一歩、一歩と後退していく。シルヴェスター抜《ぬ》きで、この場を切り抜けることは困難《こんなん》であると、すでに気付いていた。

どうするべきか考えているうちに、どんどん壁際《かべぎわ》へと追い詰《つ》められる。

「夜も、まったく出かけていないようですし、好意を寄せているらしき男性に、手紙の一通も出していない」

以前エリザベスが通っていたふしだらな貴族の社交場も調べ上げたが、出入りしているという情報は掴めなかった。それどころか、最後に見たのは数ヶ月前で、以降は噂話すら聞かないと言う。

「シルヴェスターが言っていたことは、すべて嘘《うそ》だったのです」

エリザベスは足を一歩引いたが、背後は壁でコツンと音が鳴るばかりであった。もう逃《に》げ場《ば》はないとわかり、さっと顔色を青くする。

ユーインはゆっくりと靴《くつ》の音を鳴らしながら接近する。

「あなたも、共犯者だったというわけですね。いったいなぜ、このようなことを？」

「それは――」

これ以上嘘は吐《つ》きたくない。

けれど、ここですべてを話すわけにもいかなかった。

「最後の質問です。事情を話してくれますか」

エリザベスはふるふると、首を横に振る。普段《ふだん》から気が強い自覚はあったが、今回のことを十八歳の娘が一人で抱《かか》えるには、無理があった。虚勢《きよせい》を張るのも限界だ。

「わかりました。もういいです」

呆《あき》れたような声色での一言。突如追及《ついきゅう》が緩《ゆる》められたことに驚き、俯《うつむ》いていた顔を上げたが、目の前にいたのは、珍《めずら》しく怒《いか》りの感情を浮《う》かべているユーインであった。エリザベスは慄《おのの》き、また顔を伏《ふ》せる。

「エリザベス」

名前を呼ばれ、やっとの思いで顔を上げる。

「何も怖《こわ》がることはありません。私が、あなたを助けます」

その言葉を受け入れることはできないと、首を横に振った。

ユーインの瞳《ひとみ》が揺《ゆ》れる。

「頑《かたく》なですね。では、質問を変えましょう」

沈《しず》んでいるように見える青い目と視線が合うと、最後の鉄槌《てっつい》が落とされる。

「――あなたは、エリザベス・オブライエンではありませんね？」

ユーインの言葉に、ドクンと心臓が跳《は》ねる。

頭の中が真っ白になり、何も考えられなくなった。

動揺を顔に出してはいけないと思うけれど、唇《くちびる》はわなわなと震《ふる》え、額に汗が滲《にじ》む。もう、駄目《だめ》だと思った。

探偵を使っていると言っていた。きっと、エリザベスがエリザベスでない証拠《しょうこ》もしっかり握《にぎ》っているに違いなかった。

「わ、わたくしは――」

「エリザベス・マギニス、ですね。貴族でありながら、牧場を営む一家」

やはり、ユーインはエリザベスの正体を摑んでいたのだ。実家の兄と頻繁《ひんぱん》に手紙をやりとりしていたので、情報収集も容易《たやす》かっただろう。

「牧場の復興《ふっこう》資金を集めるために、身代わりを引き受けた。そんなところでしょうか？」

ユーインは心底呆れた、そんな口調でエリザベスの事情を推測《すいそく》する。

「しかし、本当に本物のエリザベス嬢《じょう》に似ていますね。いただいた姿絵そっくりですよ」

「……公爵家と遠い昔に、ご縁《えん》があったそうです」

「そうだったのですか」

シルヴェスターに脅《おど》されたのかと聞かれたが、エリザベスは首を横に振った。契約《けいやく》は合意の上で結ばれたのだ。

「これからもずっと、身代わりを続けるつもりですか？」

「いいえ。約束は半年間でした」

残り、三ヶ月半ほどだった。

そうすれば、公爵令嬢《れいじょう》エリザベスは修道院送りとなる。

「なるほど。最終的なオチはそういうことだったのですね」

振り返れば、いろいろと詰めの甘《あま》い計画だったと思う。ユーインのような男を欺《あざむ》くのであれば、もっと徹底的《てっていてき》に偽装《ぎそう》するべきだったのだ。

シルヴェスターはユーインになら身代わりがバレても構わないと言っていたので、あえてそれをしなかった可能性もあるが。

「しかし、安心もしました。私の知るあなたは、男遊びをするようには見えなかったので」

「ええ。あなたの人間観察は、正確でしたわ」

「人間観察ではなく――」

「え？」

「いえ、なんでもありません」

可能ならば身代わりは辞《や》めたいと、ユーインに吐露《とろ》する。

今すぐ実家に帰って、復興の手伝いをしたいとも。

「あなたを引き止めているのは、シルヴェスターですね」

「ええ。わたくし、あのお方に口で勝てませんの」

「それは確かに」

ユーインでさえも、シルヴェスターを説《と》き伏《ふ》せることは難しいという。

「ご実家のことは、心中《しんちゅう》察します」

「……公爵家よりたくさんの一時支援金《しえんきん》をいただきましたし、教えていただいた災害事業再建法《さいがいじぎょうさいけんほう》も、家族に伝えました。きっと復興は叶《かな》うでしょう」

「ですが、あなたは牧場に帰って何をするつもりですか？　その細腕で家畜《かちく》の世話を？」

「いいえ。わたくしは実家を支援してくださる方に、嫁《とつ》ぎたいと考えております」

エリザベスはもう、身代わりは続けたくないと思った。

シルヴェスターがなんと言おうと、無理矢理出て行こうと考えている。

そうなれば、残りの報酬《ほうしゅう》は払《はら》われない。前金で受け取った分も、返すように言われるだろう。復興までにはまだまだ資金が足りなかった。そんな中で、エリザベスにできることといえば、金持ちの家に嫁ぐこと。

「あなたはなぜ、そこまで――」

「前にも言いましたが、わたくしはマギニス家に育てていただきました。なので、家が困った状況《じょうきょう》になれば、可能な限りのことをしなければならないのです。わたくしの人生は、わたくしのものではない。それが、貴族というものです」

「それは、そうですが……」

それではあまりにも空《むな》しい人生だと、ユーインが消え入りそうな声で呟《つぶや》く。

「ユーイン・エインスワーズ、らしくないですわね。貴族に生まれるとは、そういうことですのに」

「私らしいとは、なんでしょうか？」

「誰《だれ》にも甘い顔を見せず、公正な判断ができ、はっきりとした物言いができる、いけ好かない男ですわ」

「酷《ひど》いですね」

「わたくしにしては、高評価です」

「ちなみに、シルヴェスターは？」

「誰にでも甘い顔を見せ、公正な判断などせず、遠回しな物言いしかしない、いけ好かない男ですわ」

シルヴェスターへの辛口評価《からくちひょうか》を聞いて、ユーインは笑い出す。

「あなたは本当に、面白《おもしろ》い女性《ひと》です」

「笑わせるつもりはなかったのですが」

あくまでも、真剣な評価だ。

「それにしても、もったいないですね」

ユーインはエリザベスのことを、普通《ふつう》の家に嫁がせるには惜しい人材だと評する。本当に公爵家の令嬢だったら、立派な女当主になっていただろうとも。

「このままいけば、公爵位は凍結《とうけつ》でしょうね」

「あなたは継承《けいしょう》なさらないの？」

「ないでしょう。私はあまり、公爵様に好かれていないので」

「それでよく、婚約を許されましたね」

「ええ。公爵家の継承権を持ち、年齢《ねんれい》のつり合う唯一《ゆいいつ》の男ですから、妥協《だきょう》したのでしょう」

「ああ、そういうことですの」

ユーインはどんなに頑張《がんば》っても、公爵に認められることはないだろうと自らを嘲《あざけ》り笑う。

「今回の昇進《しょうしん》だって、エリザベス嬢との結婚が前提にあったからですし。周りに妬《ねた》まれて、大変でした」

「それはそれは、お気の毒に」

「ええ、本当ですよ。結婚相手はどうしようもない娘。出世は伯父《おじ》の七光り。いいことなんて何もないと思っていました。けれど——あなたは悪くなかった」

ユーインはエリザベスを見て、柔《やわ》らかに微笑む。

「なんとか頑張れるかなと、考えていたんです。家のことは、エリザベス嬢に任せても心配いらないかな、とも。残る心配はシルヴェスターとの同居でしたが。おそらく、毎日いびられるでしょうから」

でも、エリザベスは身代わりだった——。

何もかも諦めたような、そんな表情をユーインは見せた。

「もしも、本物のエリザベス嬢が帰ってきて、公爵が修道院送りを反対し、私と結婚するように言っても、お断りすると思います。気持ちが、ついてこないのです。私にとって、エリザベス・オブライエンは、あなただ」

「……ごめんなさい」

「すみません。今は、許すことはできません」

「ええ、そうでしょうね」

エリザベスは膝《ひざ》を折り、頭《こうべ》を垂《た》れる。騙《だま》していてごめんなさいと、心からの謝罪をした。

ユーインは黙《だま》ったまま、そんなエリザベスを見ていた。

「どうして──あなたはエリザベス・オブライエンではないのでしょうか？　いろいろと、考えていたんですよ。小舅《シルヴェスター》との上手い付き合い方とか、新婚旅行の行き先とか、仕事であまり家に帰れないので、犬を飼ったらどうかとか。……あなたが、どうすればもっと、微笑んでくれるのかとか」

「ごめんなさい。本当に」

「ええ、責任を取っていただきたい」

けれどエリザベスにはどうすることもできない。誠心誠意《せいしんせいい》謝罪をするだけだ。そんなことを考えていると、ユーインがありえない提案をしてくる。

「駆《か》け落《お》ち、しますか？」

「え？」

「二人であなたの家に行くんです。すべての経営を見直して、収益《しゅうえき》の中から復興する費用を捻出《ねんしゅつ》しましょう。いくつか案があります」

「そんなこと——」

できないと思った。ユーインは将来有望《ゆうぼう》な文官だ。エリザベスの人生に巻き込むなど、もったいない。

「ユーイン・エインスワーズ、あなたは将来、この国になくてはならない存在になるでしょう。周囲もきっと、七光りではなかったと、認めてくれるはずです。だから——これからもめげずに、頑張っていただきたいと、思っています」

ユーインはエリザベスの言葉に、ハッとした様子を見せる。

「私は、あなたを——」

以降は言葉になっていなかった。

エリザベスはもう一度、ユーインに向かって頭を下げる。

今度はシルヴェスターと話をしなければならない。胃がチクリと痛んだが、自らを奮《ふる》い立たせて帰宅することになった。

夜、食事をする気にはなれず、体調不良を理由に部屋に引きこもった。まったくの嘘でもない。さきほどから胃がチクチクと痛んでいたのだ。果物とビスケット一枚という軽い食事をなんとか食べきり、風呂《ふろ》に入る。

今日は以前のように寝間着姿ではいけないと思って、ドレスを纏《まと》った上で待ち構えた。レントンには、ユーインの件でシルヴェスターに話があると伝えている。帰宅後すぐにエリザベスの部屋に来るだろう。

心の準備はしたつもりなのに、さきほどから胸騒《むなさわ》ぎが治まらない。

気を鎮《しず》めるため、机について、溜《た》めていた手紙の返事を書くことにした。椅子《いす》に腰かけ、机の引き出しの中のインク壺《つぼ》を取り出そうとした——が、いつもの場所にそれがない。三段目、四段目にもない。二段目は鍵《かぎ》がかかっていて開けたことはなかった。

そういえば今まで気にも留《と》めていなかったが、この引き出しには何が入っているのだろう。

四段ある中でも特に大きく、引けば中でガタリと物音がする。手応えは重く、本か何かが入っているのではと推測した。

この引き出しについては、以前侍女にも訊《たず》ねたことがある。ここは唯一、本物のエリザベスが鍵を所有しているため、開けることはできないという。

なぜか今になって、興味が湧《わ》いた。普段、机につくことのないエリザベスが、ここに何を隠《かく》し持《も》っているのかを。

どうにか開けることができないものかと、エリザベスは考える。

昔、推理小説で、引き出し錠《じょう》を開錠する場面を読んだことがあった。鍵は面付けの引き出し錠である。別の引き出しから取り出したのは、細長いペーパーナイフ。それを鍵穴に差し込み、カチャカチャと動かしてみた。奮闘《ふんとう》すること数十分、それまでにない手応えを感じた。

ガチャリと音が鳴り、ペーパーナイフを引き抜く。

引き出しに手をかけてぐっと引いてみれば、ついに開いた。中にあったのは、予想通り本。四冊もある。

堅《かた》い装丁《そうてい》に花柄《はながら》の表紙。そこに記されていた題名は――『diary《ダイアリー》』。

公爵令嬢エリザベスは、鍵付きの引き出しに日記帳を隠《かく》していたのだ。

エリザベスは一番日付が新しい一冊を手に取った。他人の日記帳を読むのは悪いことだとわかっていたが、何か足取りが摑めるのではと思ったのだ。パラパラと後ろから白いページを捲《めく》り、最終日のページを開く。

「――え!?」

エリザベスは軽い悲鳴をあげ、日記帳を床《ゆか》に落とす。書かれていたのは、驚くべき内容――というべきなのか。

一ページすべてに、『お兄様、愛してる』という言葉が書き綴《かつづ》られていたのだ。

エリザベスは自らの肩を抱きしめ、静かに震える。

ページが真っ黒に見えるほどみっちりと書き込まれた愛の言葉は、どこか不気味《ぶきみ》だった。

いったいどうしてと、疑問に思う。

お兄様というのは、シルヴェスターのことなのか。

そこまで考えて、以前彼が血の繋《つな》がらない妹、エリザベスに対して不快感を露《あら》わにしていたことを思い出した。

もしかして、強く迫《せま》られていたのだろうかと考えるがすべては憶測だ。日記の内容を確《かく》認《にん》すれば、真実は明らかになるだろうか。

エリザベスは床に落ちた日記帳を拾い上げる。

息を大きく吸《す》い込《こ》んで、吐き出し、呼吸を整えてから最初の頁《ページ》を開いた。

○月×日
わたくしの素敵《すてき》なお兄様。

今日も、朝お寝坊《ねぼう》をしてしまったので、逢《あ》えなかったわ。とっても残念。

夜お話ししようと、お兄様の寝台《しんだい》に潜《もぐ》り込《こ》んでいたのに、別のお部屋で休まれていたみたい。きっと、疲れていたのよね。

昨日、贈《おく》った香水《こうすい》は、気に入ってくださったかしら？

わたしとお揃《そろ》いの香《かお》りなのよ。


一ページ目から頭が痛くなるような内容で、エリザベスは眉間《みけん》に皺《しわ》を寄せる。やはり、内容から考えて、エリザベスの言うお兄様はシルヴェスターで間違《まちが》いないようだった。加えて、妹から兄へ、ひとかたならぬ想《おも》いを寄せていたことも判明する。それから数ページ読んでみたが、異常な愛が綿々《めんめん》と綴られており、エリザベスは嫌悪感《けんおかん》しか抱《いだ》けない。だが、我慢《がまん》して読み進めた。

△月〇日
お兄様ったら、今日も遅いお帰り。わたしは夕食を食べないで待っていたのに、外で食べてきたとおっしゃるの。連絡《れんらく》くらいしてくれてもいいのに。

お仕事も毎日夜遅くまでしているし、休日も公爵家のお仕事をしているから、ゆっくりお話もできないのよ。

だから一度、お兄様に聞いてみたの。

わたしとお仕事、どちらが大切なの？　って。

お兄様は、お仕事だって答えたわ。即答《そくとう》でびっくり。

けれど、お兄様が今頑張っていらっしゃる理由はよくわかっているの。お兄様はわたしと将来夫婦になり、公爵となった時のために、いろいろと忙しい日々を過ごしているのよ。だから、もうちょっとだけ我慢しなきゃ。

公爵令嬢でありながら、爵位継承《しゃくいけいしょう》の条件も知らないのかと、頭が痛くなる。継承権を持つのは、その家の男系男子のみ。後妻の連れ子であるシルヴェスターはどう足掻《あが》いても公爵にはなれないのだ。

はあと息を吐きながら、本に視線を戻す。

続きには、もっと過激なことが書き込まれていた。

×月△日

おじさま達のアドバイスに従って、たくさんの人と夜を過ごしてきたけれど、お兄様ったら、まったく嫉妬《しっと》しないの。わたしは、早くお兄様に抱いていただきたいのに。きっと、仕事が忙しいからなのね。

今晩も寂しいので、お友達のおじさまの家に泊まりに行きます。

もはや、書かれてある内容は恐怖《きょうふ》でしかない。

日々、シルヴェスターはどんな気持ちでこのエリザベスに接していたのか。想像もできなかった。

公爵令嬢エリザベスの自由奔放《ほんぽう》な振る舞いの理由が、シルヴェスターの気を引くためだったなんて。気持ち悪いという感想しか出てこなかった。

その後も、常識からかけ離れた愛情表現が続く。

中でも驚いたのは、知り合いを使って誘拐《ゆうかい》されたと嘘を吐いたことであった。直接シルヴェスターに連絡がいったが、仕事で手が離せないということで、騎士団《きしだん》に救出を依頼《いらい》したようである。

当然ながら、エリザベスの身柄《みがら》は無事。

エリザベスはシルヴェスターが颯爽《さっそう》と助けにきてくれて、お姫様抱っこで帰宅するという、鳥肌《とりはだ》が立つような状況を期待していたらしい。

日記には、シルヴェスターが自分にまったく触れようとしてくれないという不満も書かれていた。

そして――駆け落ちについて詳《くわ》しく書かれた頁にやっと到達《とうたつ》する。

×月〇日
久々に早く帰ってきたお兄様！

しかも、わたしに話したいことがあるって。

ついに、結婚の日取りが決まったのかしら？　ってわくわくしながらお兄様の部屋に行ったのに、思いがけないことを言われた。わたしの婚約者が決まっただなんて。聞かされた名前は覚えていない。

お兄様と結婚できないと知って、それどころではなかったから。

その方とは結婚できないと断ったら、お兄様は冷たい声で言った。

——言うことを聞かない娘は必要ない。出て行ってくれ。

今までのお言葉の中で、一番冷たかったわ。

でも、部屋に戻って考えたらわかったの。お兄様は、わたくしと結婚したいから、あんなことを言ったのね。

婚約だって、お父様の命令で決まったに違いない。お兄様の言う通り、家を出てしばらく経《た》てば、お父様も諦めてお兄様との結婚を許してくださるに違いないわ。

そうとわかれば、さっそく準備をしなくては。

行き先はどうしましょう？

そういえば、知り合いに田舎者《いなかもの》の貴族がいたわね？　彼の親戚《しんせき》がいくつも領地を持っているというから、どこかに上手く隠れていたら、見つかることもないと思うわ！

すぐに見つからないよう、使用人と逃げたことにしよう。

すべての謎《なぞ》は解明した。エリザベス・オブライエンは、交遊関係のある男性の領地のどこかにいる。

それにしても、とんでもない女だと思う。

行動の一つ一つが常識から大きく外れていて、呆れたの一言しか言えない。

念のため、他の日記帳もざっと目を通した。

公爵令嬢エリザベスの生《お》い立《た》ちは、普通の貴族令嬢とは大きく違っていた。

彼女は公爵と愛人の間に生まれた子どもだった。養父母《ようふぼ》の元で育つが、十歳の夏に養父母を亡《な》くし、血の繋がった父親の元へ——公爵家へと引き取られることになった。

当初、エリザベスは他人を拒絶《きよぜつ》していた。

そのわけも書かれていた。養子として引き取られた家で、不当な扱《あつか》いを受けていた。他の姉妹《しまい》よりも粗末《そまつ》な服を着て、使用人のように働かされていたのだ。公爵家でも同じようなことをやらされるに違いない。そう思っていたのに、公爵家にいた義理の兄と名乗る男——シルヴェスターだけは、妹となったエリザベスに根気強く優しく接し続けたのだ。

愛情に飢《う》えていたエリザベスは、いつしか兄に恋をするようになった。

十五歳の時、シルヴェスターのお見合い話が持ち上がったことをきっかけに、思い切って想いを告白した。だが、返ってきたのは想いに応えることはできないという、冷たい言葉だった。

だが、エリザベスは諦めない。

兄のお見合い相手を次々と攻撃《こうげき》し、縁談をぶち壊した。

さらに、社交界の恋多き貴婦人の助言を受け、さまざまなアプローチを続ける。けれど、何か行動を起こせば起こすほど、シルヴェスターは冷たくなる一方で、エリザベスは危機感を覚えた。そこで、シルヴェスターの気を引く最終手段が、男遊びだったのだ。何人もの男性と噂になれば焦《あせ》ると思ったが、これも空振《からぶ》りに終わる。それでも、エリザベスは諦めなかった。一度受けた温かな愛情を、もう一度得ようと、必死にもがいていたのだ。

そして彼女は家を出る。いつか、シルヴェスターと結婚できる日を信じて。

「――ありえないですわ。最低」

そう、独り言を呟いたのと同時に、扉《とびら》が叩《たた》かれる。

やってきたのは、シルヴェスターだった。

「やあ、エリザベス。すまない、遅くなって」

いつになく疲れた様子に、胸がドキリと高鳴る。腹黒く、自分のことしか考えていない男だと思っていたが、およそ人には言えない事情があったのだ。知らずに冷たく接してしまい、申し訳ない気持ちが湧き上がる。

「ごめん、もう眠いかな？　朝言ってくれたら、もうちょっと早く帰ってきたんだけど」

とりあえず今は本物のエリザベスのことは忘れて、ユーインのことを話さなければならなかった。長椅子を勧《すす》め、向かい合って座る。

レントンが紅茶と軽食を持ってきた。テーブルには色とりどりの菓子とサンドイッチが並べられる。ティーカップを手に取り、フレーバーティーの香りを堪能《たんのう》すれば、いくぶんか心を落ち着かせることができた。

笑みを浮かべるシルヴェスターは、緊張《きんちよう》の面持《おもも》ちを浮かべるエリザベスに話しかける。

「それにしても、残念だね」

「何がですの？」

「いや、今日もエリザベスの寝間着姿が見られると思っていたんだが」

「はあ⁉」

普段のドレスも綺麗《きれい》だけれど、寝間着姿を見ることができる男は限られているから、見たかったなと、軽い調子で言ってのけたのだ。

「ドレス姿は綺麗だけれど、寝間着姿は可愛《かわい》いよね」

「意味がわかりませんわ」

「それは残念」

彼は本当に、エリザベスの日記帳にあった冷たいお兄様なのかと、疑ってしまう。いやそんなことよりも、と居住まいを正す。

「それで、お話ですが――」

ひと通り、ユーインとのやりとりを伝える。

そんなことがあったのかと、疲労感《ひろうかん》の交《ま》じる声で呟くシルヴェスター。

「この件に関しては、私が一番悪い。ユーインの怒りをこの身に受ける覚悟は決めておくよ」

「ええ、お願いいたします」

ユーインの話は済んだ。ここからが本題だ。

もう、身代わりを続けることはできない。

ここから出て行くと告げなければならなかった。本物のエリザベスの行方《ゆくえ》は、交遊関係にあった男性を探《さぐ》れば見つかるかもしれない。日記帳を渡したら、捜索《そうさく》も進むだろう。

勇気を振り絞って、シルヴェスターに告げたが――。

「君は、私との誓《ちか》いを破る気でいるのかな？」

「それは……」

エリザベスの靴への口づけ。

シルヴェスターは公爵家の名誉《めいよ》を守るために、そこまでしたのだ。

「ですが、契約期間は残り三ヶ月半。病気を患《わずら》ったことにして、田舎で静養《せいよう》している設定にしても、不自然ではないと思うのですが」

「そうだね。君が身代わり役をしてくれたから、その手も有効だ。でも――」

シルヴェスターは立ち上がってテーブルを回り込むと、エリザベスの隣《となり》へと腰かけた。

互いの肩が触れそうなほど近い距離《きょり》だったので、エリザベスは瞠目《どうもく》し、抗議《こうぎ》の声をあげようとした。

「――なっ！」

「大人しくして、エリザベス。あまり大きな声を出したら、君の侍女が来てしまう」

重要な話をするため、人払いを命じていた。現在、部屋には二人きりである。男慣れしていないエリザベスは、どうしてか体が凍《こお》りついて動けなくなってしまった。張り手をする余裕《よゆう》さえない。

シルヴェスターはエリザベスの思考が停止したのをいいことに、ぐっと接近して耳元で囁《ささや》く。

「実は、公爵家の名誉のことなんて、もうどうでもよくなっていたんだ」

「それなら、どうして身代わりを続けさせたんですか？」

目も合わせない状態で、エリザベスは問いかける。

「君との生活が、楽しかったから、かな？」

ハッとなって逸《そ》らしていた顔をシルヴェスターへと向けると、かなり近かった。慌《あわ》てて胸を押し戻す。シルヴェスターは両手を掲《かか》げ、触れるつもりはないと無言でアピールした。

「話を、続けていただけるかしら？」

「……そうだね」

シルヴェスターは足を組み、笑みを深めながら話しだす。

「君を引き止めたいのは、私個人の我儘《わがまま》だよ。靴へのキスだって、他の人には絶対にしない」

「そんなの、嘘ですわ」

「本当だよ。もう一度、しようか？」

シルヴェスターの手が伸びてきた。エリザベスはぎゅっと瞼《まぶた》を閉じて、身を硬《かた》くする。

「そんなに警戒《けいかい》されるとは……」

初心《うぶ》な反応を見たシルヴェスターは、ピタリと動きを止めた。

翡翠《ひすい》のような美しい瞳が揺れる。その奥にある感情は、戸惑《とまど》いと落胆《らくたん》。

「あなた、わたくしに好かれているとでも、思っていましたの？」

「そうだったらいいな、という気持ちはあったけれど」

そういう個人的なことなど、考えたことはない。シルヴェスターは他人だ。半年の契約で結ばれた縁はあるが、それ以上でも、以下でもない。今、はっきりと伝えておかねば。

「わたくしは、あなたのことはなんとも。単なる、お仕事上の契約関係ですわ。はっきり言って他人です」

「私達は同志なのに、他人だなんて心外だな」

シルヴェスターはいつもの胡散《うさん》くさい笑顔を浮かべていた。おちょくっているのだとわかり、エリザベスはムッとする。

しかしシルヴェスターは妹に迫られて困っていたから、同じ顔をしたエリザベスをからかうことによって、ストレスを解消しているのではないか――。そう気付くと動揺した自分に憤《いきどお》りを覚え、冷静になる。

「だったら、邪魔《じやま》なユーインは左遷《させん》させて、君には契約金を増やそう。どうせ、お金なんて腐《くさ》るほどある。大金が手に入って、実家も安泰《あんたい》だろ――」

――この男はそこまでするのか。

エリザベスはカッとなって腕を振り上げ、頬《ほお》をめがけて叩こうとしたが、寸前で手首を摑まれてしまった。

「エリザベス。やっぱり君はそうでなくては」

張り手は失敗。だがここで諦めるエリザベスではない。今度は渾身《こんしん》の力で、靴を踵《かかと》で踏みつける。シルヴェスターは予想外の攻撃だったからか、苦悶《くもん》の声を漏《も》らしていた。

「……酷いな。本当に」

「なんでもお金や権力で解決するほうが酷いですわ」

「そうだったね」

シルヴェスターは笑みを浮かべながら言う。それは、いつもの余裕たっぷりの微笑みではなく、自らを嘲り笑うようなものであった。

「好意の一方通行というものは、こうも辛《つら》いものなんだね。私も、やっと妹の気持ちを理解できた気がするよ」

ぼそぼそと喋《しゃべ》る言葉を、エリザベスは聞き取れなかった。

シルヴェスターは頭《かぶり》を振って「なんでもないよ」と言い、誤魔化《ごまか》した。

月夜の晩、最低限しか灯《あか》りが点《つ》けられていない部屋で、思いにふけるように二人は口を閉ざす。先に沈黙《ちんもく》を破ったのは、エリザベスであった。

「あなたは――わたくしを不気味だと、思わなかったのですか？」

エリザベスはシルヴェスターが苦手か、嫌《きら》いな存在と同じ容姿をしているのだ。

抱く感情はいいものではないだろうと、決めつけていたが――。

「君は君だろう。契約をしてから、リズと重ね合わせたことは一度もない。信じられないかもしれないが、私達兄妹《きょうだい》はほとんど会話がなかった。君には、つい楽しくて、たくさん話しかけてしまったけれど」

まさかの返答に、エリザベスは瞠目する。シルヴェスターは言葉を続けた。

「君はリズと違って、心配するほど小食だし、体力もない。驚くほど自分に厳しくて、他人にはさらに厳しい。紅茶を淹《い》れるのが上手なところは、実に素晴《すば》らしいと思う。それから、社交界の誰もが羨《うらや》むであろう気高さ、実家を大切にする優しい心、呆れるくらい負けず嫌いなところ。そのすべてが、君にしかない魅力《みりょく》だろう？」

「……」

シルヴェスターは姿形が似ているエリザベスを使って、憂《う》さ晴《ば》らしをしているわけではなかった。信じていいものか半信半疑《はんしんはんぎ》であったが、いつになく真面目な顔で語っている。

それはこれまで、エリザベスが見たことのない表情でもあった。

「私は哀《あわ》れで恥《は》ずかしい大人に見えているのだろうね……継承権のない公爵家のためにあくせく働いて、名誉を守る工作をし、他人には平気で嘘を吐く」

暗く、沈んだような声だった。

「私の居場所は、この公爵家しかなかったんだ。だから、必死になって、名誉でも、なんでも守ろうと――でも、その先には何もない、空しいだけだって気付いたから……」

そう語る目の前のシルヴェスターには余裕などまったくなく、隙《すき》だらけに見えた。

「きっと、君が羨ましかったんだと思う。なんでもはっきり物事が言えて、嫌なことは嫌だと言い、誰よりも誇《ほこ》り高く、他人に厳しくて、自分にも厳しい。それから、家のためならば、したいことも諦められる潔《いさぎよ》さ……」

己《おのれ》は示された道を進むしか能がなく、運命に抗《あらが》おうともしなかった。

シルヴェスターは、自らを語る。

「なんだか、途中からユーインがエリザベスの婚約者であることも気に食わなくなってきて、いろいろと、してはいけないこともしてしまったと思う。……すまなかった」

シルヴェスターはエリザベスを見ないまま、大きな決定を下した。


「――エリザベス。君を解放しよう」


突然の言葉に、エリザベスは目を瞬《しばた》かせる。

あっさりと身代わり生活から解放された。しかも、契約金はすべて払うという。

「どうして？」

「たまには、道から逸れたことをするのもいいと思って」

今まで公爵家のためだと言い聞かせながら、いろんなものを見ないふりをして、我慢をして過ごしてきた。しかし、それももう、限界なのだと話す。

「今までありがとう」

「よろしいのですか？」

「構わないよ。遠慮《えんりょ》なく、報酬は受け取ってほしい」

あまりにも、あっさりと身代わりから解放されて、エリザベスはポカンとする。本物のエリザベスのほうはどうするのかと聞くと、意外な答えが返ってきた。

「リズの居場所はだいたい見当がついているよ」

「でしたらなぜ、今まで迎えに行かなかったのですか?」

「君と過ごしたかったから」

「はあ!?」

「本当だよ」

いつもの微笑みと余裕を取り戻したシルヴェスターは、しれっと言い切る。

嘘か本当か、わからなかった。

「馬車を手配しておこう。明日には、ここを発《た》てるかな?」

「そんなに、急で大丈夫《だいじょうぶ》ですの?」

「心配はいらない。君も、一刻も早くご家族に会いたいだろう」

確かに、家族のことは心の中に引っかかっていた。牧場の様子も自分の目で確認したい。

「私は明日から三日間、宮殿で行われる大切な会議があってね。見送りはできないけれど――」

明日は国王と王太子《おうたいし》が揃う、年に一度の大会議の日。出勤はいつもより早く、夜明け前に出なければならない。そこからは三日間、帰宅せずに夜遅くまで話し合いをするのだ。

なので、今この時が別れの時かもしれないという。

「エリザベス、最後にお願いがある」

「なんですの？」

「抱きしめて、頬にキスをしたい」

「断固《だんこ》として、お断りいたします」

「最後なのに……」

「婚約者でもなんでもない人に、そんなこと許すわけがありません」

「手厳しいな」

「普通ですわ」

　ふざけているようにしか見えなかったので、部屋から早く出て行くよう急《せ》かした。シルヴェスターは渋々《しぶしぶ》といった様子で、扉のほうへと向かう。

「エリザベス、おやすみのキスは？」

「拒否《きょひ》いたします」

「つれないな……」

　背中をぐいぐいと押して、シルヴェスターを追い出す。

　眉尻《まゆじり》を下げ、困ったように笑う姿に、エリザベスは淑女《しゅくじょ》の礼をした。

「それでは、ごきげんよう」

「そうだね、また、会おう」

　すぐに会えるような軽さで、互いに挨拶《あいさつ》を交《か》わす。シルヴェスターは片足を軽く引き、胸に手を当てて膝を軽く曲げる、騎士の礼で別れを告げた。

――こうして、エリザベスの身代わり生活は終わりを告げることになった。


翌日。エリザベスは侍女の手を借りながら、荷造りを始める。

持ち込んだ私物は驚くほど少ない。連れ去られるように身代わりを始めて、ほとんど公爵家にあったもので生活していたのだから当たり前だが。この、豪華《ごうか》な生活ともお別れ。そう思ったけれど、たかが数ヶ月の期間だったので、そこまで感慨深《かんがいぶか》く思うこともない。

エリザベスが公爵家にきてから買ったドレスや宝飾品類《ほうしょくひんるい》は持って帰るように言われていたが、荷物には入れないように命じた。

実家に帰った時に、贅沢《ぜいたく》なドレスやアクセサリーを持っている理由を、家族になんと説明すればいいか、わからなかったからだ。

その点に関しては、事情を知る侍女達もわかってくれた。

昼食後、レントンがある品を銀盆《ぎんぼん》へ載《の》せて運んでくる。

「こちらは?」

「若様から、エリザベスお嬢様への贈り物でございます」

エリザベスは銀盆の上に置かれた小さな箱と、一通の手紙を受け取った。まずは箱の包装《ほうそう》を剝《は》がしていく。蓋《ふた》を開けた中にあったのは、青い宝石の粒《つぶ》がついた首飾《くびかざ》りだった。チェーンを摑んで持ち上げれば、小粒《こつぶ》ながらキラキラと輝《かがや》いている。

いったいこれはなんなのか。一緒《いっしょ》に添《そ》えられていた手紙を読み始める。

エリザベス・マギニス様

急な別れとなってしまったことを、とても残念に思います。短い期間でしたが、あなたはとてもよく働いてくれました。

首飾りはお礼——と言いたいところですが、随分と前に渡そうと思って買っていた品です。店先に飾ってあった品で、エリザベス嬢に似合いそうだから、という理由で購入《こうにゅう》しました。ですが、受け取ってもらえないのではと思い、なかなか渡す勇気がなかったのです。私は、ずっと贈り物をポケットの中に持ち歩きながら、あなたのご機嫌《きげん》を窺《うかが》っていました。信じられますか？　気が小さく、臆病者《おくびょうもの》で、せっかちな男がなけなしの勇気を出して買った贈り物です。

どうぞ、お受け取りいただけますと、嬉《うれ》しく思います。

馬鹿丁寧《ばかていねい》に書かれている内容に、エリザベスは思わずくすりと笑ってしまう。

この品は契約に関係なく、エリザベスに似合いそうだというシンプルな理由で贈られた物だった。

なので「仕方がないか」と口にしつつも、ありがたく受け取ることにした。

さっそく首にかける。なかなか、似合っているような気がした。


そうこうしているうちに、出発の時間となった。豪奢《ごうしゃ》な屋敷を見上げると、さまざまな思いがこみ上げる。今日まで身代わりが世間にバレなかったのが奇跡《きせき》だった。ホッと、安堵《あんど》の息を吐く。

「それでは、わたくしはこれで――」

世話になったレントンや侍女は、労《ねぎら》いの言葉をかけるエリザベスを見送りながら、若干涙目《じゃっかんなみだめ》となっていた。

「エリザベスお嬢様、とても寂しゅうございます」

「ありがとう」

「若様はエリザベスお嬢様がいらっしゃってからとても明るくなられて、それは毎日楽しそうになさっていましたのに」

「そう……」

少し、キツく当たり過ぎてしまっただろうかとこれまでを振り返る。しかし、もう遅い。

ふと、さまざまな疑問が浮かんでくる。なぜ、シルヴェスターは自分を犠牲《ぎせい》にしてまで、公爵家のために動けるのか？

何が、彼をそうさせるのか？

小娘であるエリザベスの靴《くつ》にキスをしてまで、守らなければならないものなのか？

わからない。

確かなのは、それらを知ってしまったら、きっとあとに戻れなくなる。

本能的にシルヴェスターには深く関わらないようにしていたのかもしれない。エリザベスは今になって気付く。

彼の穏《おだ》やかに見せていた翠《みどり》の目の奥に、触《ふ》れてはいけない暗い感情が見え隠れしていた。

半年やそこらの付き合いで、その闇《やみ》に向き合うことなどとてもできない。

頭《かぶり》を振って、エリザベスは前を見据《みす》える。もう、すべてが終わったのだ。

皆に向かって、スカートの裾《すそ》を摘《つ》まみ、膝を折る。

別れの挨拶が済んだら、用意してくれた馬車に乗り込んだ。

ガタゴトと音をたてながら馬車は進み、大通りを抜け、市場の横を通る。

ここで、妹を捜《さが》していたシルヴェスターと散々な出会いをしたのだった。

事情も聞かず、彼の頬を叩いてしまった。今ではもっと冷静に対処できたのではと思い、反省する。

それから、憧《あこが》れの王立図書館の前を通る。結局、忙しくて一度も行くことはできなかった。白亜《はくあ》の美しい佇《たたず》まいを窓から眺《なが》め、ほうと息を吐く。あそこには、どんな叡智《えいち》をもたらす書物が眠っていたのか。もう、手の届かない場所になってしまった。

馬車はどんどん街から遠ざかっていく。風が強くなり、ガタガタと窓枠《まどわく》が揺れるようになった。

雪も降り始める。しだいに、吹雪《ふぶき》のようになった。

エリザベスは窓のカーテンを閉める。

公爵家で過ごした毎日は、叔母《おば》の家で召使《めしつか》いをしていた期間よりも、目まぐるしく、大変な期間であった。

もう二度と、あのようなきらびやかな世界に、足を踏《ふ》み入《い》れることはない。シルヴェスターやユーイン——あの、美しい人達とも、会うことはないだろう。

そう思えば、なんとも形容しがたい感情がじわじわと浮かんでくる。

もう、身代わりをしていることを気に病《や》むことはない。本当の自分に戻れるのだ。

ホッとしたのも束《つか》の間《ま》、眠気《ねむけ》を覚え、エリザベスは欠伸《あくび》を噛《か》み殺《ころ》す。昨晩よく眠れなくて、そのまま朝を迎えていたのだ。

少しだけ休もうと、瞼を閉じた刹那《せつな》——馬車が大きく傾《かたむ》いた。

「——え？」

違和感《いわかん》を覚え、瞬《まばた》きをする間に、状況は一変する。

ドン！　という大きな衝撃音《しょうげきおん》と共に、車体が横転した。

エリザベスは馬車の車体に頭を強く打ちつける。痛みと同時に、意識が遠のいた。

馬の嘶《いなな》く声を聞きながら、頬を伝う液体は涙なのか、血なのか、とぼんやり考えていた。


遠くから時計塔の鐘《かね》の音が聞こえ、瞼をうっすらと開く。

「よう、お姫様。やっとお目覚めか？」

誰かに声をかけられて身じろぎをすると、頭がズキリと痛んだ。

寒気を感じ、肩を摩《さす》ろうと思ったが、体の自由が利《き》かない。

「あまり動かないほうがいい。一応、額の傷口は縫《ぬ》ったが、医者の手当てじゃねえからな」

聞こえてくるのは男の声。誰だか、まったく記憶《きおく》にない。ズキン、ズキンと痛みを訴《うった》える傷のおかげで、意識がはっきりしてくる。

エリザベスは、薄暗《うすぐら》い部屋にいた。

地面に藁《わら》を敷《し》いた場所に寝かせられ、手足は縄《なわ》で縛《しば》られていて身動きは取れない。ここはどこだろうか。そもそも、何が起きたのか。

傷の痛みに耐《た》えながら、考える。窓からは、僅《わず》かに茜色《あかねいろ》の陽が差し込む。先ほど聞こえた時計塔の鐘の回数は、五回か六回。なので、今は夕方なのだろう。

埃《ほこり》っぽい空気を吸い込んで、咳《せ》き込《こ》む。

部屋は物置小屋のようなところで、乱雑《らんざつ》に置かれた机と椅子に、汚《よご》れた道具入れ、使用済みの塗料《とりょう》の缶《かん》などが転がっている。天井《てんじょう》には、蜘蛛《くも》の巣《す》が張っていた。薄暗く、清潔《せいけつ》感《かん》のない部屋である。

灯りは部屋の隅《すみ》に置かれた小さな角灯《カンテラ》一つのみ。

時計塔の鐘の音が聞こえたので、王都の郊外《こうがい》だろうと推測する。エリザベスの馬車が、何者かに襲《おそ》われたのだ。車体には公爵家の紋章《もんしょう》があったので、金目当てで襲撃《しゅうげき》されたのか。

「命が惜しければ、大人しくしておけよ」

エリザベスに話しかけているのは、男の声。若くはない。粗野《そや》で、礼儀《れいぎ》もなっていないような喋り方だ。

「……あなたは、誰？」

「お前を見張っているように、頼まれたんだよ」

「目的、は……？」

「さあな。俺は下《した》っ端《ぱ》だ」

いったいどこの誰が、こんなことを企《くわだ》てたのか。身代金《みのしろきん》目当てならば、見当違《けんとうちが》いもいいところだと思う。公爵家の馬車に乗っていても、中身は没落《ぼつらく》寸前の地方貴族の娘なのだから。

ともあれガンガンと金槌《かなづち》で打たれるように痛み、震えが止まらない。視界も、ぼんやりとしていた。それに、この部屋はひどく寒かった。下手《へた》をすれば、凍死《とうし》するかもしれない。

そのことを、訴えよう。人質《ひとじち》として価値があるならば、聞き入れてくれるかもしれない。

「このままでは、わ、わたくし、死ぬ、けれど、よろしくって？」

「縫《ぬ》ったんだから、大丈夫だろう？」

「わかりますの。自分のこと、ですから」

男はのっそりと立ち上がり、エリザベスの額へと手を伸ばす。

「わたくしに、触れないで!!」

ビクリと、男の体が揺れたのがわかった。

「な、なんだよ、驚かせやがって」

「上の者に、言ってきなさい！　人質が、死ぬと！」

ただ叫《さけ》んだだけで、ひどい疲労感を覚える。息遣《いきづか》いも荒くなり、限界も近いと自覚していた。早く治療を受けなければ——本当に死ぬ。

気力を振り絞って男をジロリと睨《にら》み上げる。

「この、生意気な‼」

男はナイフを抜き取り、振り上げる。咄嗟《とっさ》に、エリザベスは叫んだ。

「わたくしの価値を、忘れたのかしら⁉」

男の手は、ナイフがエリザベスの胸に届く寸前で止まった。

念のため、牽制《けんせい》するように睨みつける。

賭《か》けだった。ここで反抗《はんこう》して生き延びるか、大人しく従って凍死するか。エリザベスはしっかり目を見開いて、自らの運命を見届けようとする。

「……チッ、わかったよ。死《し》に損《ぞこ》なっているって、言えばいいんだろう？」

男はそう言い捨て、部屋から出て行った。バタンと乱暴に閉ざされた扉は古い木造で、ギシギシと軋《きし》む音が鳴っていた。男は何度も施錠を確認してから、去っていく。

はあと、一生分の溜息《ためいき》を吐いた。今も、鼓動《こどう》がバクバクと高鳴っている。

普段だったら、武装した男にあんなことなど言えない。満身創痍《まんしんそうい》で、感覚が鈍《にぶ》っているから言えたのだ。

男が出て行ってから十分ほど経ち、冷静になったところで状況を確認する。

手足はきつく縛られ、抜け出せる位置に窓はない。脱出《だっしゅつ》は不可能だ。

殺されなかっただけマシだと思ったが、寒さが肌《はだ》に突《つ》き刺《さ》さる。額の傷も、依然《いぜん》として激しい痛みを訴えていた。

だんだんと、角灯《カンテラ》の火が小さく、弱くなっていく。公爵家を出てからどれだけの時間が経ったのか、わからなかった。

外はすでに暗くなっている。陽が沈み、気温も急激に下がる。

窓の隙間《すきま》から聞こえるヒュウヒュウという音が、寒気を加速させていた。

身を縮め、寒さに耐える。寝返《ねがえ》りの打てない体勢は辛く、縛られた手足は痺《しび》れて感覚がない。額の傷も、ズキズキからズンズンという重い痛みに変わっていった。

ぬるりと、血のようなものが傷口から頬へと滴《したた》っている。

エリザベスは目を閉じて、歯を食いしばった。

今は、そういうふうに耐えるしかできない。

ズキンと、よりいっそう激しい痛みを額に感じ、はあと息を吐く。白い息がふわりと宙《ちゅう》を漂《ただよ》い、すぐに消えていった。

だんだんと、息苦しくなってくる。奥歯《おくば》を噛みしめ、なんとか耐えようとしたが、我慢できる痛みではなかった。

生理的な涙が眦《まなじり》に浮かび、頬を伝っていく。それが悔《くや》しくて、今度はボロボロと涙がこぼれた。

時間が経つと、額の傷以外も痛みだす。馬車が転倒《てんとう》した時に、体のあちこちを打っていたのだ。加えて、空気が薄くなっていくように感じて、息遣いが荒くなる。一生懸命《いっしょうけんめい》息を吸い込むが、どんなに頑張っても、苦しかった。

いったい誰がこんなことを。偽者《にせもの》を誘拐しても、身代金なんか手に入るわけがないのに――。

考えごとをして気を紛《まぎ》らわそうとしたが、さすがに限界であった。痛みに耐えきれず、可能な限り体を折り曲げる。

依然として、部屋は寒く、空気も薄い。角灯の火も消えかけていた。蠟燭《ろうそく》の先端《せんたん》に、僅《わず》かな火が残るばかりである。

もう、楽になりたい。エリザベスは、あまりにも辛い状況に悲観《ひかん》していた。だんだんと、瞼《まぶた》が重くなる。意識を手放したら、危ないとわかっていた。

けれど、もう我慢も限界だった。

目を閉じたその時、首にかけてあったチェーンがシャラリと服の上を滑《すべ》る。

シルヴェスターからもらった首飾りだ。

今日から三日間、宮殿に泊まり込みだと言っていた。

助けになんて来るはずはない。

そもそも、シルヴェスターに助けられて、恩を売られるなんてまっぴらだと思った。彼の腹黒い笑顔を思い出したら、意識がはっきりしてくる。それどころか、イライラしてきた。

あの澄《す》ました顔を思い浮かべると、腹が立つ。何が公爵家の名誉《めいよ》だと、叫びたくなった。エリザベスは今、オブライエン家の見栄のせいで、死にかけている。一緒に過ごすのが楽しかったとも言っていた。ふざけているとしか思えない。こうなったのもすべてシルヴェスターのせいだ。絶対の絶対に許さない。まったく、とんでもない目に遭《あ》った。

彼のあれこれを考えるたびに、グラグラと沸《わ》き立《た》つマグマのような怒りがこみ上げる。あのお綺麗な顔に、もう一度平手打ちをしないと気が済まない。特別な一発をお見舞いしてやると、心に決めた。

そうでもしないと、死んでも死にきれない――。

そう考えていたら、遠くから激しい物音が聞こえる。家具のような重い物が倒《たお》れる振動《しんどう》が床に響《ひび》き、男の怒声《どせい》も聞こえた。カツカツと誰かが走ってくる音が聞こえ、部屋の扉が蹴《け》り破られた。

「――エリザベス!!」

今まで聞いたこともない、焦ったような声で名前を呼ばれる。

いつも余裕たっぷりで、エリザベスの反抗的な態度も軽くあしらう飄々《ひょうひょう》とした人だと思っていた。微《かす》かに瞼を開いたが、視界がぼやけていて、プラチナブロンドの髪しか判別《はんべつ》できない。けれど、シルヴェスターであることはわかる。どれだけ情けない顔をしているか見たかったのに、まったく見えなかった。残念過ぎる。

「良かった……いや、ぜんぜん良くないけれど、でも、生きていてくれて、本当に嬉しい」

「……ええ、平気なの、ぜんぜん、痛くないし、寒くもない」

「君は、こんな時まで意地を張って……」

シルヴェスターは上着を脱《ぬ》ぎ、エリザベスの肩にかける。

「ね、ねえ……」

「なんだい？」

「会議、大丈夫？」

「ああ、そんなの死ぬほどどうでもいい。それよりも、早く帰ろう」

シルヴェスターは一言断り、両手足の拘束《こうそく》を解くと、エリザベスの体を横抱きにして持ち上げる。動かされたことにより、傷口が疼《うず》いた。

「――んっ！」

「すまない。すぐに、医者の元へ」

シルヴェスターが踵《きびす》を返した刹那、大柄な男が入ってくる。見張りをしていた男だった。

「その娘を置いていけ」

「それは――いや、わかった」

シルヴェスターは憂《うれ》い顔《がお》で返し――エリザベスを優しく地面に下ろす。

それから、ふいに足元にあった角灯を蹴り上げた。

「うぎゃ!!」

見事、角灯は男に命中し、隙ができた。

シルヴェスターは床を蹴り、軸足《じくあし》を反転させて相手の急所――顎《あご》を蹴り上げる。

衝撃を受けた男は見事転倒し、起き上がる様子はない。気を失ったようだ。

シルヴェスターはエリザベスを抱え、脱出を図《はか》る。

それを邪魔する者は、いなかった。


わたくしは、いったい――?

エリザベスはそう呟いたつもりだったが、声にならなかった。

瞼を開くと、贅《ぜい》が尽《つ》くされた天蓋《てんがい》が視界に飛び込んでくる。最初あれを見た時は、物語のお姫様のようだと思ったものだ。

公爵家にある家財はどれも洗練《せんれん》されていて……とそこまで考えて、エリザベスは我に返る。起き上がろうとしたが、体に力が入らない。

額や体の痛みは引いていたが、ひどい倦怠感《けんたいかん》を覚えていた。体は自由にならない状態であったが、頭ははっきりしていて、疑問がどんどん浮かんでくる。

今日はいつ？　どうしてまた公爵家に？　犯人はどうなったの？

わからないことだらけだ。

トントントン、と扉が叩かれる。返事をする前に開かれ現われたのは医者と看護師だった。診療《しんりょう》を受け、体調を問われる。

エリザベスは「わたくしは大丈夫」と答え、状況を訊《き》くために口を開いた。

エピローグ

公爵令嬢誘拐事件《こうしやくれいじようゆうかいじけん》は、一面記事で報道された。実行犯の三名の男達は逮捕《たいほ》されたが、彼らは依頼《いらい》を受けてエリザベスを攫《さら》っただけで、他に主犯がいることが発覚。捜査《そうさ》しているが、いまだ特定には至っていない。

エリザベスが安静に過ごす中、オーレリアやチェルシーが見舞《みま》いに来てくれる。大変な心配をかけてしまったようで、申し訳なくなった。

同時に、エリザベスの偽物《にせもの》なのに、仲良くしてくれることに対し、罪悪感《ざいあくかん》も覚える。せめて本当のことを話して謝罪したいが、身代わりをしていたことは秘密にしておくという公爵家との契約《けいやく》があるので、叶《かな》わないことである。

ユーインも見舞いに来てくれたようだが、合わせる顔がないので、面会は断ってしまった。今のボロボロの姿を見られるのが、単純に恥《は》ずかしいという気持ちもある。

そして、エリザベスは約一週間ぶりにシルヴェスターに会った。

怪我《けが》はすっかりよくなっていたが、寝台《しんだい》からはまだ起き上がれない。

「目覚めてくれて、本当によかった。一時期は、危なくて……」

「おかげさまで、傷物《きずもの》になりましたわ」

「責任は取るよ」

「それは結構」

そんな物言いを聞いたシルヴェスターは、ぷっと噴《ふ》き出《だ》す。

「何がおかしくって？」

「違うんだ。エリザベスは、本当に強いなと思って」

癪《しやく》に障《さわ》ったので、ジロリとシルヴェスターを睨《にら》みつける。

「君はそうでなくっちゃ」

「意味がわかりませんわ」

ここでシルヴェスターは正式に謝罪し、深々と頭を下げた。

「危険な目に遭《あ》わせてしまって、本当に申し訳ない」

襲撃《しゆうげき》を受けたあと、御者《ぎよしや》が公爵家へ連絡《れんらく》し、王宮にいたシルヴェスターにも知らせが届いた。すぐに現場へと急行し、周辺を調査したところ、怪《あや》しい小屋を発見したのだと、当時の事情を話す。

「遅くなってすまなかった。けれど、君を見つけることができて、本当によかった」

「ええ……命拾いしましたわ」

一応、シルヴェスターへ礼を言っておく。

「礼には及《およ》ばないというか、そもそも公爵家の事情に巻き込んでしまって……」

「そういえば、会議をすっぽかして助けに来てくれたみたいだけれど、あのあと、大丈夫《だいじょう》夫《ぶ》でしたの？」

「ああ、あれは、大丈夫じゃなかったけれど、エリザベスのほうが大事だったから……」

真面目《まじめ》な顔で言われたので恥ずかしくなってしまったが、エリザベスは動揺《どうよう》を悟《さと》られまいと、顔を背《そむ》ける。

どうせからかっただけだろうと思ったが、そうではなかった。

シルヴェスターは硬《かた》い声色のまま、話を続ける。

「今度帰る時は、絶対の安全を確保しよう」

エリザベスが故郷《こきょう》へ帰る際、護衛《ごえい》を大勢雇《やと》うことを約束する。

「もう少し、療養《りょうよう》したほうがいいだろうが——」

すぐに帰りたいだろうと、問いかけられる。

だが、エリザベスは首を横に振った。

「いいえ、わたくし、まだ帰りません」

「え？」

「犯人が逮捕されるまで、ここにいます」

意外過ぎる決意表明に、シルヴェスターは瞠目《どうもく》していた。

その理由を、エリザベスは眉《まゆ》を顰《ひそ》め、口元を歪《ゆが》めるというすさまじい形相《ぎょうそう》で語る。

「誘拐されたあの日、大噴火《だいふんか》するかと思いましたの」

「何が？」

「わたくしの中にある、自尊心《じそんしん》を司《つかさど》る高く険《けわ》しい山が」

シルヴェスターのせいでとんでもない目に遭った。その時、絶対に許さないと誓ったのだ。エリザベスが怒《いか》りの矛先《ほこさき》を向けたのは、誘拐した犯人ではなく、シルヴェスターだったのだ。

「怒りはすべて私が受け止めよう。だが、いいのか？　君は、故郷に帰ることが一番大事なのだろう？」

「気が変わりました」

牧場は国の支援《しえん》が受けられることになったという。今すぐ帰らなくてもいいだろう。

「いいのかい？　ご実家は――」

「たまには、道から逸《そ》れたことをするのもいいと思いまして」

それは、公爵家から解放される際、シルヴェスターに言われた言葉であった。

シルヴェスターはパチクリと、目を瞬《まばた》かせる。

エリザベスは目つきを鋭《するど》くし、思いを口にした。

「それに、許せませんの。誰《だれ》だか知りませんが、わたくしをこんなにして――！」

病《や》み上《あ》がりとは思えない迫力《はくりょく》に、シルヴェスターは圧倒《あっとう》される。

「しかし、犯人はまだ見当もついていないし、危険だ」

「あなたが助けてくださるのでしょう？　シルヴェスター・オブライエン？」

エリザベスの言葉を受けて、シルヴェスターはハッとなる。

「私は――」

「責任を取ると、言いましたよね？」

「それは私と、結婚したいと？」

「また、あなたはそんなことを言って！」

エリザベスの刺々《とげとげ》しい物言いに、シルヴェスターはふっと柔《やわ》らかく笑う。

「そうは言うが、エリザベス、君は私の傍《そば》にいるのは嫌《いや》なのだろう？」

「嫌か、嫌じゃないかの二択《にたく》であれば、嫌を選択《せんたく》いたしますわ」

「だったら、なぜ？」

「あなたを絶対に許さないから、でしょうか？」

シルヴェスターをこき使い、真犯人の逮捕を目指すとエリザベスは宣言する。

「でも、それだけだったら、一緒《いっしょ》にいる意味はない」

ここで、エリザベスはさらなる理由を語る。

「あなたの公爵家を守ろうとする頑張《がんば》りに敬意《けいい》を示して守らせてさしあげます、と言えば満足ですか？」

「え？」

シルヴェスター・オブライエンという男は、エリザベスにとっていけ好かない男だった。けれど、ただ唯一《ゆいいつ》、公爵家の名誉《めいよ》を守ろうとする姿は立派だった。

家を守りたいという気持ちは、エリザベスにも痛いほどわかる感情である。

「まあ、妹に瓜二《うりふた》つのわたくしに身代わりを頼《たの》むという手段は最悪でしたけれど」

「……その通りだよ」

シルヴェスターは嘲《あざけ》り笑うように話す。自分は狡猾《こうかつ》でずる賢《がしこ》い人間だと。

「血の繋《つな》がりもないのに、公爵家の名前に縋《すが》る、惨《みじ》めな男だよ」

「いいえ、そんなことありません」

きっぱりと、エリザベスは否定する。

「日々の働く姿を見ていたらわかります。あなたは、公爵家の力を借りずとも、自力で地位を築いていますわ。逆に、しょうもない公爵家を見捨てずに、守っているのです。なんの見返りもなく、ただただ、一途《いちず》に」

違いますか？　と、強い口調で問いかける。答えは返ってこなかった。

「わたくしとあなたは、いわば同志。犯人は公爵家とわたくしの共通の敵。今もっとも優先すべきは、真犯人を特定するために奔走《ほんそう》することです。一方的にやられたままなんて、絶対に嫌ですわ」

以上が、身代わりを続ける理由のすべてである。

シルヴェスターはポカンとした表情で、エリザベスを見るばかりであった。

向けられた視線に、エリザベスは射殺《いころ》さんばかりの強い目を返す。

「どうかなさって？　何も、難しいことではありませんわ。あなたは、公爵家のためだけでなく、わたくしのために在《あ》ればいいのです」

そう宣言すると、シルヴェスターは両手で顔を覆《おお》う。そして、ぼそりと呟《つぶや》いた。

「そんなこと言ったら、君を、絶対に手放せなくなるのに……」

それは、エリザベスが聞き取れないほどの、小さな呟きであった。


その後、しばらく静かな時間を過ごす。互いに、心の整理が必要だったのだ。

数分後――シルヴェスターはポツリと話しかける。

「私は、君にいろいろ償《つぐな》いをしなければならない」

エリザベスは返事をせずに、そっと手を差し出す。

「エリザベス……？」

ツンと澄《す》ましながら、エリザベスは上から目線で訊《たず》ねる。

「特別に、選択権をさしあげますわ」

このまま共に戦うか、ここで別れるか。

シルヴェスターは即答《そくとう》する。

「それはもちろん、エリザベス、君と共に」

シルヴェスターは迷うことなくエリザベスの手を取り、甲《こう》に口づけを落とす。

「なっ……！　キスはしないでって、前に言いましたわよね!?」

エリザベスは頬を赤く染めながら睨んでいたが、いまいち迫力に欠けていた。

そんな彼女に、シルヴェスターは笑みを深めながらしれっと言う。

「禁止なのは、家族のキスだろう？」

その返しに、言葉を失う。

今しがたのキスの意味など、考えたくもなかった。

――と、このように、二人の仲は相変わらずであったが、何はともあれ、契約は更新となった。

令嬢エリザベスの華麗《かれい》なる身代わり生活は――まだまだ続く。

シルヴェスターの独り言

事故で父が亡《な》くなった。

当時十歳の私に爵位《しゃくい》は継承《けいしょう》されることはなく、新たな伯爵《はくしゃく》は叔父《おじ》が継《つ》いだ。

その後、母は社交界でオブライエン公爵《こうしゃく》と出会い、後妻として結婚した。

上手《うま》く公爵に取り入っただの、娼婦《しょうふ》のような女だの、相当な言われようだった。

元々、体も心も強くない母は、病気がちになった。

一方で、私にぼんやりと過ごす日々は許されなかった。公爵から英才教育を施《ほどこ》されたのだ。将来、国王陛下の助けになるよう、ありとあらゆる教養と武芸を叩《たた》き込《こ》まれた。

幼いながら、私は自分の立場をわかっていたのだろう。ここで公爵の期待を裏切ると、母もろとも捨《す》てられるだろうと。がむしゃらに、与えられた課題をこなした。

公爵は厳しい人で、無能な人間には容赦《ようしゃ》しない。目の前で解雇《かいこ》を言い渡された使用人など、一人や二人ではない。私に対する目が、使用人に向けるものとそう変わらなかったのは、重々承知《しょうち》していた。

私は十歳の時から、公爵家のために生きてきた。

そんな中、十五歳の時に、母親が亡くなる。一年前から第二王子の近衛騎士《このえきし》を務めていたことが幸いしたのだろう、公爵は私を追い出さなかった。

それどころか、しだいに公爵家の仕事も任せてくれるようになる。

貴族の世界とは華《はな》やかで優美《ゆうび》であるが、私にはまったく当てはまらない。いつ捨てられるかわからない中、感情を殺し、公爵の不興《ふきょう》を買わないように生きてきた。

そんな中で、私の暮らしにも変化が訪《おとず》れる。

公爵とあるご婦人との間に生まれ、離れて暮らしていた十歳の娘を、引き取ることになったのだ。

私の義妹《いもうと》――エリザベスは、美しいピンクブロンドの髪に、翡翠《ひすい》のような目を持つ可愛《かわい》らしい少女だった。虚《うつ》ろな眼差《まなざ》しに、不安そうに握《にぎ》りしめられた小さな手を見て、彼女もまた、私と同じ境遇《きょうぐう》だと気付いた。

エリザベスは内気で大人しく、ほぼ自己主張のない少女だった。養父母に酷《ひど》い扱《あつか》いを受けていたのが原因らしい。

しかしながら残念なことに、ここにも敵しかいない。だから、私が唯一《ゆいいつ》の味方になろう。

そう思って、エリザベスに優しく接し、唯一の理解者であろうと努力をしてきた。だが、それが、間違《まちが》いだった。

エリザベスは年を重ねるごとに美しい娘に育つ。それと共に、私への依存《いぞん》が強くなっていった。初めはそれを過ぎた兄妹愛《きょうだいあい》だと思っていた。

しかし、私の気を引くために、さまざまなことをしでかしてくれるエリザベスを目《ま》の当《あ》たりにして、彼女の異常な執着心《しゅうちゃくしん》に気付く。

私は接し方を間違ったのだろう。自分と同じような境遇で、助けたいと思ったことがこんな結果になるなど、想像もしなかった。

エリザベスは十六歳となり、社交界デビューを果たした。しかし、夜会で問題ばかり起こし、後処理に追われる日々が続く。

その頃からエリザベスは仕事場に押しかけてきたり、毎日恋文を送ってきたりと、異常行動を繰《く》り返《かえ》すようになった。

頭がおかしくなるかと思った。

彼女に優しくしたのは、同情だ。愛は、兄妹間にあるべきものすら、存在していなかったのかもしれない。

エリザベスが自らの誘拐《ゆうかい》事件を企《くわだ》て、騎士隊に大いなる迷惑《めいわく》をかけたことをきっかけに、私は第二王子の近衛騎士を辞《や》め、文官となった。

事件の責任を取ったのが大きな理由であったが、仕える第二王子のだらけた仕事っぷりがずっと気になっていたことも文官になった理由の一つである。

公爵家でエリザベスと顔を合わせたくないので、夜中まで残業せざるをえない仕事は都合がよかった。

くたくたになるまで働き、家ではエリザベスの素行についての報告を聞いて後始末の指示を出し、公爵家の仕事もこなして泥《どろ》のように眠る毎日を過ごす中で、大変な事件が起こる。

婚約《こんやく》お披露目《ひろめ》パーティーの当日に、エリザベスが男と駆《か》け落《お》ちしたのだ。

もしもこの件が噂《うわさ》となって広がったら、公爵家の名誉《めいよ》はズタズタにされる。

焦《あせ》った私は、急いでエリザベスを捜《さが》しに街に出た。

──「エリザベス」は見つかった。

けれど、彼女は妹ではなく、同じ名のよく似た別人だった。

信じられないとまじまじ見るが、どこから見てもエリザベスにしか見えない。

初めは記憶喪失《きおくそうしつ》なのではと疑った。

しかし、共に過ごすうちに、別人であることが納得《なっとく》できた。

エリザベスに似た女性の私を射抜《いぬ》くような鋭《するど》い目は、猛禽類《もうきんるい》を思わせる、強過ぎる視線だった。

妹エリザベスは、私をねっとりとした、執着《しゅうちゃく》と情欲が混じった目で見る。睨《にら》みつけてくるなどありえない。

彼女は間違いなく、エリザベスによく似た別人だった。

ここで、私は閃《ひらめ》いた。エリザベスの身代わりを頼《たの》めないかと。

運よく、彼女はワケアリだった。それを、利用した。

悪いとは思ったが、もう、本物のエリザベスとの生活は耐《た》えきれなかったのだ。


こうして、私と身代わりのエリザベスとの生活が始まる。


エリザベス・マギニスという女性は、自分に厳しく、他人にはもっと厳しい苛烈《かれつ》な性格をしていた。

たった一日で使用人を掌握《しょうあく》し、立派な公爵家の女主人を務める。

十八歳の少女なのに、不思議と貫禄《かんろく》があった。

婚約者であるユーインとも、上手く付き合っている。エリザベスは理想の身代わりであり、理想の妹でもあった。

彼女が本当の妹だったらどんなによかったことか。いっそのこと、本物に成り変わらないかと提案したこともあったが、猛烈《もうれつ》に拒絶《きょぜつ》された。

エリザベスは実家の牧場の復興を一番に考え、またこの先も助けていくことを心に決めている。

いくらお金を積んでも、揺《ゆ》るがなかった。

エリザベスの強い眼差しに、そして確固たる貴族としての矜持《きょうじ》に、また、時折見せる十八歳の少女らしい初心《うぶ》な様子に惹《ひ》かれていることに気付くのに、そう時間はかからなかったと思う。

彼女は私にはない、揺るぎない強さを持っていた。そして、理想の女性でもあったのだ。きっと、家族に愛されて育った女性《ひと》なのだろう。

公爵の顔色ばかり窺《うかが》って生きてきた私とは大違いだ。

最終的に、エリザベスは私を選ばないかもしれない。

でも、今はまだ、共に在り、同じ光が当たる場所で過ごしたいと思う。

エリザベスを見守る日々はとても幸せで、満たされていた。

Ｆｉｎ

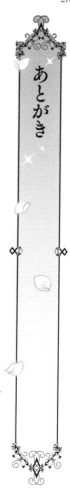

あとがき

私が学生だったころ、少女小説はかけがえのないもので、表紙を見て、あらすじを見て、じっくり吟味《ぎんみ》してから手に取って、物語の世界へ没頭《ぼっとう》していました。

主人公が恋をしたり、冒険《ぼうけん》をしたり、成長したり――夢と希望が詰《つ》まったいくつもの物語を、私は愛していたのです。

人生とは何が起こるかわからないもので、小説を読む側だった私が、書く側へなることができました。

学生時代の私と同じように、この本を手に取っていただき、少しでもドキドキワクワクしていただけたら、これ以上の喜びはありません。

この作品は『ビーズログ文庫×カクヨム恋愛小説大賞』で大賞をいただいた作品でした。

選考及《およ》び、出版に関わってくださった皆様には、感謝の気持ちでいっぱいです。

イラストを担当してくださった、雲屋《くもや》ゆきお先生には、エリザベスを始めとする、魅《み》力的《りよくてき》なキャラクターを描いていただきました。イメージぴったりで、本当に嬉しかったです。

最後に読者様へ。心より感謝を申し上げます。ありがとうございました。

またどこかで会えることを信じて。

エリザベスのイヤイヤ恩返し

――頭部外傷《がいしょう》、打ち身、擦《す》り傷《きず》。以上が今回の事件でエリザベスが負《お》った怪我《けが》であった。全治一ヶ月ほど。完治するまで、部屋で安静にしておくようにシルヴェスターに言われている。

出血量が多かったようで、発見が遅れたら危なかったと医師が言っていた。あの時、助けてもらわなかったらと思うと、ゾッとする。

シルヴェスターは命の恩人であるのと同時に、恨《うら》むべき相手でもあった。しかし、事件が起きたのは彼のせいではない。否《いな》、彼のせいでもある。そんな考えが、頭の中でぐるぐると巡《めぐ》っていた。

シルヴェスターのことを考えると、心が乱される。イライラして、胸が苦しくなって、枕《まくら》を投げつけたくなるのだ。

こうなったら、気持ちの整理をつけなければならない。一度、シルヴェスターに助けてもらった礼をしよう。それさえ済めば、なんの気負いもなく恨みをぶつけることができる。

解決方法はそれしかないと、エリザベスは思った。

礼は何にしようか。顎《あご》に手を当て、しばし考える。

いつもエリザベスが感謝の意を示す時は、祖母直伝《そぼじきでん》の特別なクッキーを焼いて渡《わた》していた。しかし、現状では料理をする元気などとてもなかった——とは言っても、具合はだいぶ良くなり、二、三時間の間ならば起き上がって本を読むことも許されていたので、その時間を使って何かできないかと考える。

寝台《しんだい》の上でできることといったら、刺繍《ししゅう》しかない。

暇《ひま》さえあれば練習に練習を重ねていた刺繍であったが、いまだに苦手だった。

コツコツチマチマと進めていく刺繍は、勉強にも似ている。しかし、打ち込む根気は備わっているのに、なかなか結果に繋《つな》がらないものだった。正直、進んでやりたくないことでもある。けれど頑張《がんば》らなければ、荒《あ》れた感情が治まらなかった。

エリザベスは額に手を当て、深い深い溜息《ためいき》を吐《つ》いたあと、侍女《じじょ》を呼び出して、裁縫《さいほう》道具を用意させた。

どういう意匠《いしょう》にするかスケッチ帳を前にして考えていたら、ふと思いつく。なんだったら、可愛《かわい》らしい花柄《はながら》などを刺繍して贈《おく》ればいいと。

もちろん、花柄のハンカチならば、男性が持ち歩いて使うこともできないだろうという嫌《いや》がらせのつもりだった。

ハンカチを受け取った時の、シルヴェスターの引《ひ》き攣《つ》った顔を想像したら楽しくなる。珍しく上機嫌《じょうきげん》で意匠画を完成させた。

スケッチ帳に描《えが》かれたのは、白い百合《ゆり》の花。エリザベスが一番好きな花である。その百合を、紺色《こんいろ》のハンカチにひと針、ひと針丁寧《ていねい》に縫《ぬ》っていった。何度か失敗して、三枚目にしてやっと成功する。綺麗《きれい》な百合の刺繍が仕上がった。

手には何度も針を突《つ》き刺《さ》し、指先は包帯《ほうたい》だらけ。ずっと下を向いていたので、肩も凝《こ》ってしまったが、初めて、満足のいく刺繍が完成した。

これならば、シルヴェスターの良い引き攣り顔を見ることができるだろう。帰宅して暇そうにしていたら、部屋に呼び出すようにと執事《しつじ》のレントンに命《めい》じていた。

しかし、その日も、その翌日も、シルヴェスターは来なかった。

なんでも、急に仕事が忙《いそが》しくなり、毎日帰宅するのは深夜。朝も、日の出前に出勤しているという。

「毎年、若様はこの時期、忙しくしているのですよ」

「そう」

侍女がそう言っているので、何か事件があったわけではなさそうだ。

ホッとしたのと同時に、少しだけ物足りない気分になる。

せっかくハンカチを作ったのに、渡す機会がないなんて……。

直接渡すのは諦《あきら》めて、手紙と共にレントンに託《たく》そうか——と、そんなことを考えていると、侍女よりシルヴェスターが帰ってきたという知らせを受けた。

まだ夕方なのに、ずいぶんと早い帰宅だ。いったいどうしたのか。

「エリザベス様、ご用意をしましょう」

「え?」

「髪を結《ゆ》って、軽くお化粧《けしょう》をしますね」

それは、病人に相応《ふさわ》しい装《よそお》いなのか。よくわからなかったが、髪に櫛《くし》も通していない寝《ね》間着《まき》姿を見られるのは恥《は》ずかしいような気もした。

ついでに、寝間着が見えないよう、カーディガンの用意も命じる。

髪型はサイドに編《あ》み込《こ》みの入ったハーフアップにしてもらった。化粧は薄《うす》く口紅を塗《ぬ》る程度。おしろいを塗っている時間はなかった。

それから数分後に、シルヴェスターがやってきた。働きすぎているからか、少しだけ元気がないように感じた。

「エリザベス……なんだか、久しぶりだね。元気そうで安心した」

「ええ。あなたは馬車馬の如《ごと》く働いているようで」

「そうなんだ。酷《ひど》いだろう?」

現在、国の予算消化の状況《じょうきょう》把握《はあく》に追われ、会計監査院《かんさいん》より突《つつ》かれる日々を送っているらしい。目が回るような忙しさだと言う。

「でもまあ、もう少ししたら決算期《けっさんき》も終わるし、春になれば新人も配属されるから」

「そうですの。では、今日はなぜ早いご帰宅を？」

「昨日の晩レントンから、エリザベスが私と話したがっているという話を聞いてね。頑張って、仕事を終えて来たんだよ。まさか、君のほうから会いたいと言ってくれるなんて……」

「誤報《ごほう》ですわ」

その言い方だと、エリザベスが寂《さび》しがっていて、シルヴェスターに会いたくて仕方がないように聞こえる。まったく、これっぽっちも、そういうわけではないと言っておいた。

そもそもレントンには、シルヴェスターが暇そうであれば部屋に来るようにと伝えておいたのに、どうしてこうなったのか。

いつもの癖《くせ》で、指先でこめかみを揉《も》むと、ツキリと痛みが走る。

「――いっ！」

なんとか、痛いと言う言葉を呑《の》み込《こ》んだ。

額には、誘拐《ゆうかい》事件で負った傷があった。ふた針ほどの小さな傷であるが、まだ完治していない。医者は抜糸後《ばっしご》は痕《あと》が残ると言っていたが、前髪で隠《かく》れるので、エリザベスはさほど気にしていなかった。だが、シルヴェスターは違《ちが》った。

急に大人しくなったので、訝《いぶか》しげな視線を向けると、何やらショックを受けたような顔をしている。

「どうかされまして？」

「――あ、いや……君の額の傷のことを、考えていて」

「どうして、あなたがわたくしの傷について考えるのでしょう？　余計なお世話というものですわ」

「しかし……」

どうやら、盛大《せいだい》に気にしているようだった。シルヴェスターが暗然《あんぜん》としていると、どうにも調子が狂《くる》う。

エリザベスはさっさと用事を済ませて、部屋から追い出すことにした。

「それで、本題に移りますが――」

枕の下に入れていたハンカチを取り出す。

どこから見ても、完璧《かんぺき》な刺繍であった。これならば、シルヴェスターの引き攣り顔を見ることができる。そう確信して、手渡した。

「こちらは、あなたへの、お礼の証《しるし》です」

「お礼って？」

「誘拐された時、助けてくれたでしょう？　その、お礼ですわ」

シルヴェスターはハンカチを前に、きょとんとした表情を浮かべている。

「これを、私に？」

「他に誰《だれ》がいますの？」

「もしかして、エリザベスが、私のために刺繍を？」

「そうですが？」

早く受け取れと、ぐっとハンカチを目の前に差し出す。

なかなかシルヴェスターが受け取らないので、なんだか恥ずかしくなってきていた。

引っ込めようとしたが、同時にハンカチは手からなくなってしまう。

「ありがとう……」

シルヴェスターはハンカチを手にして呟《つぶや》く。

想像していた引き攣り顔は見ることができなかった。シルヴェスターは、ただただハンカチを眺《なが》めている。

居《い》た堪《たま》れなくなってきて、早く帰ってくれないか。そう思った瞬間《しゅんかん》、話しかけられた。

「ずっと、君は百合の花のようだと思っていたんだ」

「わたくしが、百合？」

しなやかな茎《くき》の先に、しだれるようにして咲《さ》く百合は、高貴で誇《ほこ》り高《たか》く、清らか。そして、気品のある花である。

「君の立ち姿と、百合の花はよく似ているよ」

「そんなこと……初めて言われました」

薔薇《ばら》の花にたとえられることはよくあった。しかしそれは、薔薇のように美しいというよりは、薔薇の棘《とげ》のようにツンとしている、という印象が強い。

だから、シルヴェスターに百合の花に似ていると言われて、羞恥《しゅうち》とも嬉《うれ》しさとも違う、なんとも言えない気持ちがこみ上げてきた。

俯《うつむ》くエリザベスに、シルヴェスターは微笑みかけながら言う。

「このハンカチを常に持ち歩いて、君と一緒《いっしょ》にいる気分を味わうよ」

「はあ!?」

とんでもないハンカチの利用法に、エリザベスはぎょっとする。

花柄のハンカチなんて嫌がると思ったのに、そんなことはまったくなかった。目論見《もくろみ》が大きく外れてしまい、どうしてこうなったのかと頭を抱《かか》える。

だがすぐさま復活したエリザベスは、シルヴェスターのほうへと手を伸ばした。

「やっぱり、それは返していただけますか!?」

「なぜ？　これは、エリザベスが私のために縫ってくれた物だろう？」

「気が変わりましたの！」

「どういうふうに？」

恥ずかしくなったからなどと、口が裂《さ》けても言えるわけもない。

「エリザベス、本当にありがとう。こんな嬉しい贈り物、私は初めてだ」

大袈裟《おおげさ》に喜ぶシルヴェスターを見て、さらに悔《くや》しくなる。こんなはずではなかったのに。

さらに、彼はとんでもないことをしてきた。

エリザベスの手を大事そうに掬《すく》い上《あ》げると、指先に触《ふ》れるか触れないかくらいのキスをしたのだ。

エリザベスは真っ赤になって叫《さけ》ぶ。

「キスはしないでって、言ったでしょう!?」

その反応に、シルヴェスターは笑みを浮かべた。

とろけるような甘《あま》い表情が、エリザベスを逆上《ぎやくじよう》させてしまったのは、言うまでもない。

二人の関係は相変わらず。

しかし、以前よりも打ち解けたような、遠慮《えんりよ》がなくなったような、そんな雰囲気《ふんいき》であった。

■ご意見、ご感想をお寄せください。
《ファンレターの宛先》
〒102-8078 東京都千代田区富士見1-8-19
株式会社KADOKAWA ビーズログ文庫編集部
江本マシメサ 先生・雲屋ゆきお 先生

ビーズログ文庫

■本書の内容・不良交換についてのお問い合わせ。
エンターブレイン カスタマーサポート
電　話：0570-060-555
(土日祝日を除く 12:00～17:00)
メール：support@ml.enterbrain.co.jp
(書籍名をご明記ください)

◆アンケートはこちら◆
https://ebssl.jp/bslog/bunko/enq/

え-1-01

令《れい》嬢《じょう》エリザベスの華《か》麗《れい》なる身《み》代《が》わり生《せい》活《かつ》

江《え》本《もと》マシメサ

2017年9月15日 初刷発行

発行者　三坂泰二
発行　株式会社 KADOKAWA
〒102-8177 東京都千代田区富士見2-13-3
(ナビダイヤル) 0570-060-555
デザイン　みぞぐちまいこ (cob design)
印刷所　凸版印刷株式会社

ISBN978-4-04-734803-5 C0193

定価はカバーに表示してあります。